Une partie de campagne
et autres nouvelles
au bord de l'eau

ÉTONNANTS • CLASSIQUES

MAUPASSANT

Une partie de campagne et autres nouvelles au bord de l'eau

Présentation, notes, dossier
et cahier photos
par ANNE PRINCEN,
professeur de lettres

Flammarion

De Maupassant
dans la collection « Étonnants Classiques »

Apparition, in *Nouvelles fantastiques* (vol. 1)
Bel-Ami
Boule-de-Suif
Hautot père et fils, in *Trois nouvelles naturalistes*
Le Papa de Simon et autres nouvelles
La Parure et autres scènes de la vie parisienne
Toine et autres contes normands
Une partie de campagne et autres nouvelles au bord de l'eau

ISBN : 978-2-0812-7806-6
ISSN : 1269-8822

SOMMAIRE

PRÉSENTATION

Maupassant : l'homme et l'œuvre

Enfance et études (1850-1869)

Guy de Maupassant naît en 1850 au château de Miromesnil, près de Dieppe[1]. Il est le fils de Laure Le Poittevin et de Gustave de Maupassant, un agent de change récemment anobli. Il passe ses premières années en Normandie avant de déménager à Paris avec ses parents et son jeune frère Hervé : son père connaît des revers de fortune et doit y prendre un emploi dans une banque. Guy a alors neuf ans et, très vite, il voit ses parents se disputer – Gustave est infidèle – puis se séparer. Laure retourne en Normandie, s'installe près d'Étretat. De ces scènes de ménage et de cette séparation, Guy concevra un grand scepticisme quant au mariage.

Pendant quelques années, il va à l'école à Paris et passe les vacances chez sa mère, en Normandie. À treize ans, il revient dans cette région pour effectuer ses années de collège et de lycée. Au contact de ses camarades, il apprend le patois local, le

1. Ou à Fécamp ? On en discute encore...

cauchois. Il est pensionnaire dans un établissement religieux à Yvetot, mais s'y déplaît profondément : c'est un « couvent triste, où règnent les curés, l'hypocrisie, l'ennui[1]... », écrit-il à son cousin. Élève jusqu'alors sans histoires, le petit Guy devient indiscipliné. Après un bref passage au lycée du Havre, d'où il est renvoyé, il achève sa scolarité à Rouen, où il passe son baccalauréat.

Entre-temps, l'enfant ne songe qu'à fuir le pensionnat pour rejoindre le littoral : il se passionne pour l'eau et harcèle sa mère pour qu'elle lui achète un bateau. Il n'existe pas de frontière chez ce jeune sportif entre cette passion et l'éveil de sa sensibilité artistique. Prisonnier du petit séminaire d'Yvetot, il compose des poèmes qui célèbrent la nature avec un lyrisme très parnassien[2]. Au cours de ses promenades, il aperçoit Corot[3] peignant en plein air ou rencontre Courbet[4] qui travaille à *La Vague*. À seize ans, ce bon nageur sauve de la noyade un vacancier qui se trouve être un excentrique poète anglais, A.C. Swinburne. Reconnaissant, l'homme l'invite dans sa chaumière et lui offre une main d'écorché[5] arrachée à un malfaiteur – un don étrange qui inspirera à Maupassant son premier conte fantastique.

Alors qu'il prépare son baccalauréat à Rouen, il soumet ses premiers essais, poèmes et contes à la lecture critique d'un ami

1. Lettre de Maupassant à Louis Le Poittevin, avril 1868.
2. Le Parnasse est un mouvement poétique qui naît à cette époque autour de Théophile Gautier : en réaction contre le romantisme, il recherche la perfection formelle et prône le culte de « l'art pour l'art » (l'art n'est ni une technique, ni un moyen de faire passer un message, mais une fin en soi).
3. ***Camille Corot*** (1796-1875) : peintre paysagiste français précurseur de l'impressionnisme.
4. ***Gustave Courbet*** (1819-1877) : peintre français, chef de file de l'école réaliste, qui rejette la représentation partielle et idéalisée de la réalité propre aux romantiques.
5. ***Écorché*** : homme dépouillé de sa peau.

de la famille, Gustave Flaubert. L'auteur de *L'Éducation sentimentale* (1869) patronnera le jeune homme pendant plus de dix années – période de formation littéraire difficile mais fructueuse.

La triple vie d'un employé ministériel (1869-1880)

À l'armée et au bureau

Pour l'heure, ce n'est pas de littérature que le jeune bachelier peut vivre. Il se destine à des études de droit mais, à peine inscrit en faculté, il s'engage dans l'armée : en effet, la guerre franco-allemande a éclaté le 19 juillet 1870, et il rejoint l'intendance (ou administration) à Rouen – expérience déprimante qui éveille en lui la haine des militaires. Il quitte l'armée un an plus tard pour prendre un emploi subalterne au ministère de la Marine. Après quelques années, il est embauché au ministère de l'Instruction publique.

En canot

Le dimanche, il fuit les ronds-de-cuir de l'administration comme il fuyait naguère les soutanes du petit séminaire. Ses échappées ont désormais une autre destination que les plages d'Étretat : « Ma grande, ma seule, mon absorbante passion, pendant dix ans, ce fut la Seine », écrit-il dans « Mouche ». À Argenteuil, Chatou, Bougival et Croissy, il enchaîne parties de canotage sur la Seine et parties de plaisir dans les cabarets et les gargotes où, sous l'œil des peintres impressionnistes Manet (1832-1883) et Renoir (1841-1919), la petite bourgeoisie et le peuple se grisent de vin blanc, de french cancan et de femmes légères. C'est à cette époque que le jeune homme contracte la syphilis[1]. Il en ressent les premiers maux à l'âge de vingt-sept ans.

La genèse d'un écrivain : Flaubert et *Les Soirées de Médan*

Son emploi au ministère a une vertu : il lui laisse le temps d'écrire. Maupassant demande à sa mère de lui envoyer des sujets de contes, qu'il pourra, dit-il, travailler au bureau ! Mais à cette époque, il croit tout autant à la poésie et au théâtre, très en vogue au XIXe siècle. Il retravaille énormément ses œuvres, jette l'essentiel de ce qu'il produit et peine à publier ou à faire jouer ce qu'il retient. Son premier conte, « La Main d'écorché », paraît en 1875.

Fort heureusement, il ne s'exerce pas seul : quand il ne canote pas sur la Seine, il passe ses dimanches à Croisset, petit hameau sur la rive droite du fleuve, chez Flaubert. Ce maître fidèle mais impitoyable l'exhorte sans cesse à trouver son originalité et à la développer. Sous sa houlette, Maupassant apprend à poser un regard précis sur la réalité, à rechercher dans chaque chose ce qu'elle a d'irréductible, de parfaitement singulier, et à choisir le mot juste pour l'exprimer. De Flaubert, il hérite donc à la fois une école du regard – une forme de réalisme – et la précision du style qui l'accompagne, même s'il rejette l'obsession flaubertienne pour la forme et la beauté du style.

Flaubert n'est pas uniquement un éducateur providentiel ; il sert aussi d'entremetteur à son pupille, en lui présentant les plus grands écrivains de son temps : Alphonse Daudet (1840-1897), le romancier russe Ivan Tourgueniev (1818-1883), les frères Goncourt (Edmond, 1822-1896, et Jules, 1830-1870), Joris-Karl Huysmans (1848-1907), et, le plus célèbre d'entre eux,

1. ***Syphilis*** : maladie sexuellement transmissible.

Émile Zola (1840-1902). Sans constituer une véritable école, tous ont en commun le désir d'en finir, comme Flaubert, avec l'idéalisme et la sentimentalité romantiques. Ils souhaitent décrire le monde tel qu'il est, sans exclure du roman aucun aspect de la réalité, aussi vulgaire soit-il : en littérature, on appelle cette volonté le réalisme. Certains, comme Zola, poussent cette ambition à l'extrême en donnant à l'écriture romanesque les objectifs et les moyens d'une expérience scientifique. Devenant expérimental, le roman sert alors à observer les lois qui déterminent l'homme et la société : c'est le naturalisme.

Maupassant admire Zola mais maintient ses distances avec le réalisme et le naturalisme : pour faire vrai, explique-t-il dans la préface de *Pierre et Jean* (1888), il faut donner l'illusion du vrai. Selon lui, l'écrivain n'est donc pas un photographe, mais demeure un illusionniste, même si – et surtout si – il cherche à donner une image convaincante de la réalité.

Reste qu'il partage le projet de rendre compte du réel avec un groupe d'écrivains que Zola réunit régulièrement dans sa maison de Médan, près de Paris. Certains d'entre eux décident de publier un ouvrage collectif pour illustrer leur projet réaliste : chacun écrira une nouvelle ayant pour thème la guerre de 1870 et la débâcle française[1], et l'ouvrage s'intitulera *Les Soirées de Médan*. Maupassant est de la partie et publie un petit récit auquel il travaille depuis quelques mois : « Boule-de-Suif ». Le succès est énorme. Nous sommes en 1880, année charnière, glorieuse mais aussi tragique pour l'écrivain qui, à peine un mois après la parution de « Boule-de-Suif », enterre son cher Flaubert qui jusque-là a guidé ses pas en littérature.

1. Défaite des troupes de Napoléon III à Sedan, qui précipite la chute du Second Empire et la victoire des Prussiens.

Dix ans d'intense création (1880-1891)

L'écriture

Dès cette date, Guy de Maupassant se consacre entièrement à l'écriture, et presque exclusivement au récit. Il délaisse son emploi au ministère et fait paraître contes, chroniques de voyage et romans dans trois grands journaux : *Le Figaro, Le Gaulois* et *Gil Blas*. Puisque ses publications sont rémunérées, ce viveur qui « blague toujours et ne parle que d'argent[1] » écrit vite et beaucoup. D'où une œuvre colossale, produite en dix ans à peine.

Les voyages

Avec les revenus de ses publications, il satisfait encore mieux la curiosité du monde qui l'anime. Habitant toujours à Paris, il reste fidèle aux bords de Seine et retourne régulièrement à Étretat où il fait construire une maison, La Guillette. Il multiplie les voyages : il se rend en Angleterre puis s'envole vers la Hollande dans un ballon qu'il appelle *Le Horla*. Il pousse surtout ses excursions vers le Sud, séjourne à Cannes et à Menton, achète un yacht qu'il baptise *Le Bel-Ami*, fait une croisière en Méditerranée, visite la Corse, l'Italie, la Tunisie et passe deux mois en Algérie, d'où il rapporte onze chroniques.

La maladie

Les voyages de Maupassant sont parfois plus modestes : ils le conduisent à Plombières, Aix-les-Bains et Châtelguyon – autant de villes thermales où il tente de soigner les effets d'un mal qui progresse inexorablement. Dans cette période de

1. Témoignage de Paul Alexis en 1882.

création fébrile, pas une année sans troubles cardiaques, problèmes oculaires et migraines épouvantables. La syphilis le mène peu à peu à la folie ; il est victime d'hallucinations et de schizophrénie – sa personnalité se dédouble –, et la paralysie générale le guette. Nourri par ailleurs de la lecture de Schopenhauer (1788-1860), « le plus grand saccageur de rêves qui ait passé sur la terre[1] », il porte un regard de plus en plus pessimiste sur le monde. Il s'interroge dans « L'Endormeuse » sur la meilleure façon de se donner la mort et ne parvient bientôt plus à écrire d'autres mots que ceux de son testament.

La fin (1892-1893)

Dans la nuit du 1er au 2 janvier 1892, il tente de se trancher la gorge dans la chambre de son hôtel. Sauvé par son domestique, il est interné à la clinique du Dr Blanche, à Passy, près de Paris, où il mourra après un an et demi de crises, de convulsions et de délire verbal.

Littérature et plaisirs de l'eau

Des romans à fleur d'eau

Au XIXe siècle, et particulièrement sous le Second Empire et la IIIe République, les canots ne manquent pas dans le grand fleuve du roman français. Dans *L'Œuvre* (1886), de Zola, ils

---

1. Maupassant, « Auprès d'un mort », dans *Le Horla et autres contes d'angoisse*, éd. Antonia Fonyi, GF-Flammarion, 2006.

abritent les douces et amoureuses heures que Claude Lantier coule en compagnie de Christine sur la Seine, avant de rejoindre la bohème[1] des peintres parisiens et de connaître les affres de la création. Dans *Thérèse Raquin* (1867), une barque légère sert le dessein meurtrier de deux amants qui jettent Camille, le mari importun, dans les remous de la rivière. Les frères Goncourt, eux aussi, rivalisent avec la peinture impressionniste pour évoquer l'atmosphère des bords de Seine, où se jouent de mémorables parties de canotage : dans *Manette Salomon* (1867), les « promenades coulantes » d'Anatole Bazoche réunissent tous les dimanches à Asnières une petite société hétéroclite avide de détente sur l'eau. Octave Feuillet (1821-1890), Alphonse Daudet et bien d'autres encore, notamment les naturalistes, introduiront jets d'eau, éclats de soleil et bouffées de plein air dans la fiction française.

La naissance d'une civilisation des loisirs, un sujet réaliste de premier choix

Les banlieues qu'il faut traverser pour rejoindre la campagne où serpente la rivière, les guinguettes et les établissements de bains qui se nichent sur ses rives, à Argenteuil, Asnières ou Poissy, toutes les nouvelles pratiques qui y ont cours – baignades, bals populaires, régates du dimanche et autres déjeuners sur l'herbe – constituent une manne pour les écrivains du réel. Ces lieux témoignent d'une conquête sociale : celle des loisirs et du temps libre par les classes bourgeoises et populaires. Ce n'est pas un hasard si la promotion littéraire de ces espaces,

1. La ***bohème*** : dans les années 1830, l'expression désigne des artistes ou intellectuels, souvent démunis, qui se distinguent par leur volonté de s'affranchir des normes sociales.

qu'il s'agisse de la Seine ou des bords de mer, coïncide avec l'âge d'or du réalisme : leur représentation est liée à des enjeux culturels, politiques, moraux, sociaux et esthétiques dont la nouveauté est un défi stimulant pour l'homme de lettres. Une donne sociale inédite s'y joue : les grisettes fréquentent les peintres de la bohème, les demi-mondaines fraient avec les aristocrates déclassés, les tenanciers d'auberge et les canotiers réguliers accueillent sur leur territoire les bourgeois et les rapins[1] du dimanche. L'annexion de ces espaces naturels par différentes couches de la société dessine des changements décisifs dans l'histoire des mentalités : l'émancipation des femmes, la soif de sensations nouvelles, l'élaboration d'un savoir-vivre qui donne l'avantage au plaisir individualiste sur les pratiques de classe. Gens du peuple et petits bourgeois découvrent près des rives la liberté, la nudité, la mixité, les joies élémentaires de l'eau et du soleil ; ils y apprivoisent un désir affranchi des conventions ordinaires et de la pesanteur des institutions. Des appétits hédonistes et des revendications inédites s'y expriment, qui font de la nature le cadre de passions incontrôlées et d'infractions à l'ordre moral. Baptisée « avènement de la société des loisirs[2] » par les sociologues, cette réalité intéresse l'écrivain réaliste sous tous ses aspects, ceux qui appartiennent à son versant solaire – l'épanouissement de mœurs amoureuses, le nouveau langage des corps – comme ceux qui relèvent d'aspects plus sombres, tels que le suicide et le meurtre.

---

1. ***Rapins*** : peintres en apprentissage dans un atelier, qui vivent une existence bohème, démunie, légère et insouciante.

2. Nous empruntons cette expression et ce concept à Alain Corbin. Dans *L'Avènement des loisirs*, l'historien s'est penché sur les nouveaux usages modernes du temps libre tels que le tourisme, les voyages, le sport, etc., et sur les conditions de leur émergence.

Thermalisme et balnéographie dans l'œuvre romanesque de Maupassant

C'est sans doute Maupassant qui donne à l'exploration littéraire des plaisirs de l'eau et de leurs débordements son expression la plus achevée. L'intrigue de *Mont-Oriol* (1887) repose ainsi sur l'apparition d'un nouveau tourisme thermal et de nombreuses scènes d'effusion sur fond de mer et de soleil ponctuent tous les romans de l'écrivain. Le voyage de noces de Jeanne et Julien en Corse, dans *Une vie* (1883), offre à l'héroïne une enivrante lune de miel et l'unique parenthèse heureuse d'une existence baignée de pluie normande et de désillusions conjugales. La pêche aux salicoques dans *Pierre et Jean* est l'occasion d'une demande en mariage aussi inopinée que cocasse. Dans *Bel-Ami* (1885), Georges Duroy formule lui aussi une proposition de mariage, gagné par les charmes de la Riviera méditerranéenne. Venu au chevet de son ami mourant, mais entraîné par la douceur de vivre du littoral cannois autant que par son cynisme naturel, il fait sa demande, en toute inconvenance, à Madeleine Forestier, qui n'est veuve que depuis quelques heures. Ces quelques exemples illustrent les liens étroits que le thème de la mer entretient avec la question amoureuse et sa morale fluctuante.

Nouvelles d'eau douce

C'est surtout dans l'écriture de ses nouvelles que l'auteur donne au glissement des eaux douces et à l'ivresse des rivières leur pleine existence littéraire. Contes ou chroniques, nouvelles ou récits, toutes les fictions qui ont pour cadre spatio-temporel les dimanches au bord de la Seine laissent affleurer le goût personnel de l'auteur pour le canotage. Elles drainent les souvenirs d'une passion qui lui a permis de supporter pendant dix années consécutives la servitude administrative de sa condition de gratte-papier aux ministères de la Marine et de l'Instruction publique. Bien plus qu'un intérêt professionnel et qu'une curiosité légitime d'écrivain réaliste pour tout milieu inexploré, c'est une fascination intime, nourrie d'une longue fidélité, qui lie Maupassant au monde des canotiers, à leurs exploits sportifs et à leurs aventures amoureuses. C'est là qu'il a connu ses plus franches expériences de bonheur et forgé ses plus plaisants souvenirs, dût-il ensuite les payer du prix de sa santé. À la fin des années 1880, au fur et à mesure des progrès de la syphilis et de l'âge, il n'aura de cesse d'en ressusciter l'enchantement ambigu. Plusieurs de ses nouvelles, dont « Mouche » ou « Souvenir » (1884), laissent entendre les accents de cette nostalgie :

> Comme il m'en vient des souvenirs de jeunesse sous la douce caresse du premier soleil ! [...] Qu'ils sont exquis les souvenirs des anciens printemps ! Vous rappelez-vous, vieux amis, mes frères, ces années de joie où la vie n'était qu'un triomphe et un rire ? Vous rappelez-vous les jours de vagabondage autour de Paris, notre radieuse pauvreté, nos promenades dans les bois reverdis, nos ivresses d'air bleu dans les cabarets au bord de la Seine, et nos aventures d'amour, si banales et délicieuses ? (« Souvenir »).

« Le recueil fantôme »

La correspondance personnelle de l'écrivain porte elle aussi trace de ce goût. Dans une lettre adressée à sa mère et datée du 29 juillet 1875, Maupassant écrit : « Je travaille toujours à mes scènes de canotage dont je t'ai parlé, et je crois que je pourrais faire un petit livre assez amusant et vrai en choisissant les meilleures histoires de canotiers que je connais, en les augmentant, brodant, etc.[1]. »

---

1. *Correspondance*, éd. Jacques Suffel, Évreux, Le Cercle du bibliophile, 1973.

Le souci de composer un recueil autour d'un thème particulier est un fait assez rare chez l'écrivain pour qu'on lui accorde toute notre attention. En effet, à l'exception des *Contes de la bécasse* (1883), nouveau « Décaméron[1] cynégétique[2] », qui réunit au seuil de chaque récit des convives animés d'une commune passion pour la chasse, aucun principe thématique n'a jamais guidé la composition des recueils de nouvelles et contes maupassantiens. Si l'on peut lire aujourd'hui les *Contes normands* ou les *Contes parisiens* en un seul volume, on le doit à l'intention éditoriale de réorganiser les textes en fonction de leur ancrage géographique.

Ainsi, un « petit livre assez amusant » devait coudre ensemble les scènes de plaisance fluviale et maritime, les broder en une matière plaisante et vraie, mais il ne vit jamais le jour. En 1885, au sommet de sa célébrité littéraire et heureux propriétaire du *Bel-Ami*, l'écrivain fait une croisière en Méditerranée. À mi-chemin entre le carnet de voyage et la libre chronique, le récit de cette aventure a-t-il eu raison de cette envie d'illustrer le thème du canotage en épanchant à lui seul toute l'inspiration nautique de notre auteur ? Texte autobiographique intitulé *Sur l'eau*, paru en 1888 (distinct de la nouvelle homonyme reproduite dans ce recueil), l'œuvre joue sur les deux sens de la préposition « sur », qui désigne une localisation spatiale (« à la surface de ») mais aussi, plus abstraitement, un sujet traité à la manière d'un titre d'essai (tel « Sur la nature humaine »), et dévoile une part des affinités créatrices que Maupassant entretient avec l'élément aquatique.

---

1. Dans ce recueil de nouvelles écrites entre 1349 et 1353, l'écrivain italien Boccace invente un modèle d'énonciation narrative. Il rassemble, en un même lieu et pendant une durée donnée (dix jours consécutifs qui donnent leur nom au recueil), dix personnages qui tour à tour racontent des histoires. Le récit cadre accueille ainsi, enserrées dans la parole des conteurs présents, les contributions narratives de chacun d'entre eux.

2. ***Cynégétique*** : relatif à la chasse.

La rêverie aquatique chez Maupassant

Dans ces pages, après avoir à maintes reprises chanté les joies du canotage, l'auteur évoque le bonheur du cabotage[1] en Méditerranée, loin des obligations professionnelles et des devoirs mondains. Derrière des accents sensualistes, son enthousiasme laisse poindre le fantasme d'une régression à l'état sauvage, qu'on devine motivée par le dégoût du monde moderne.

> La caresse de l'eau sur le sable des rives ou sur le granit des roches m'émeut et m'attendrit, et la joie qui m'envahit, quand je me sens poussé par le vent et porté par la vague, naît de ce que je me livre aux forces brutales et naturelles du monde, de ce que je retourne à la vie primitive[2].

Gage de plaisir sensoriel et de bien-être hédoniste, les eaux marines n'ont cependant pas le charme mystérieux des eaux douces, vives ou dormantes. C'est quand il parle de ces dernières, qu'à tort on dit « mortes », que Maupassant devient élégiaque :

> [...] l'eau, l'eau trompeuse, endormie et vivante des marais, les grandes nappes claires où se mire le ciel, où glissent les nuages et d'où sortent les foules éparses de joncs bizarres, l'eau limpide et féconde où pourrit la vie, où fermente la mort, l'eau qui nourrit les fièvres et les miasmes, qui est en même temps une sève et un

1. ***Cabotage*** : navigation le long des côtes, de port en port.
2. *Sur l'eau* [1888], Gallimard, coll. « Folio classique », 1992.

> poisson, qui s'étale, attirante et jolie, sur les putréfactions mystérieuses [...][1].

Mêlant un intérêt de biologiste pour les métamorphoses organiques des rivières et une curiosité métaphysique, le goût de Maupassant dépasse ici le simple plaisir ou l'agrément esthétique ; il révèle les affinités profondes que son œuvre entretient avec le génie élémentaire de l'eau et jette sur tout son imaginaire poétique un éclairage matérialiste.

Cette sympathie pour la rêverie des rivières, Maupassant la partage de façon troublante avec Gaston Bachelard (1884-1962), philosophe des sciences et de la littérature qui, le premier, a étudié la vie des images de l'eau. Quand ce dernier confie, dans l'ouvrage qu'il leur consacre, *L'Eau et les rêves* (1942), sa préférence pour les lacs et les ruisseaux plutôt que pour l'océan, il semble en effet que les lignes qu'il écrit auraient pu être signées, quelque soixante ans plus tôt, de la main de Maupassant :

> Je retrouve toujours la même mélancolie devant les eaux dormantes, une mélancolie très spéciale qui a la couleur d'une mare dans une forêt humide, une mélancolie sans oppression, songeuse, lente, calme. [...] Je suis né dans un pays de ruisseaux et de rivières. [...] la plus belle des demeures serait pour moi au creux d'un vallon, au bord d'une eau vive, dans l'ombre courte des saules et des osières[2]. Et quand octobre viendrait, avec ses brumes sur la rivière...[3].

Eaux dormantes, eaux troubles, eaux composées, superficielles ou violentes, mortelles ou vivifiantes... toutes drainent en

---

1. *Ibid.*
2. Lieu où poussent les saules de petite taille appelés « osiers », dont les tiges flexibles servent à la confection d'ouvrages de vannerie.
3. *L'Eau et les rêves*, José Corti, 1960.

effet, chez Maupassant, sous des dehors souvent chatoyants, une mélancolie profonde. Rassemblées ici, les « nouvelles de canotage » de l'écrivain – « Une partie de campagne », « Mouche », « Sur l'eau » et « La Femme de Paul » –, auxquelles on a ajouté, par souci de représentation, une « nouvelle maritime » – « La Roche aux Guillemots » –, nous offrent l'occasion idéale de mieux saisir l'influence que la rêverie de l'eau a pu exercer sur la poétique de Maupassant. Dans notre recueil, elle se révèle à trois niveaux : son esthétique réaliste, sa conception narrative du genre bref et son style.

La rivière, avatar naturel du réalisme

« Sur l'eau », le récit qui suit immédiatement la nouvelle éponyme de notre recueil, joue le rôle d'un art poétique. Sous des apparences trompeuses de récit fantastique, le texte met en évidence le rapport d'identité qui unit l'eau de la rivière et l'esthétique réaliste. Par l'intermédiaire du « canotier enragé, toujours près de l'eau, toujours sur l'eau, toujours dans l'eau » (p. 67), Maupassant développe des arguments en faveur de la supériorité poétique de la rivière sur la mer et, par la même occasion, annonce le programme narratif de la nouvelle. La rivière, nous dit-il, donne naissance à des mirages et à des fantasmagories tout en portant en elle la plus sinistre des réalités : elle est ce terrible cimetière où les dépouilles n'ont point de tombeau. Elle mêle donc le fantastique au réel, associe la beauté et la laideur, le sublime et le trivial. À l'instar de la réalité, que Maupassant sait être double, toujours ambivalente, rongée dans ses plus beaux atours par le ver de la mort et de la déchéance, la rivière cache sous sa surface de troubles vérités et de sombres cadavres. Deux phrases, dont l'une a une valeur prémonitoire, résument cette dualité : « La rivière n'a que des profondeurs noires où l'on pourrit dans la vase. Elle est belle pourtant quand elle brille au soleil levant et qu'elle clapote doucement entre ses berges couvertes de roseaux qui murmurent » (p. 68).

Ce motif de la surface incarne l'opposition du beau et du laid, du faux et du vrai. Métaphore de la nature fallacieuse du réel, dont les plaisantes apparences ne sont qu'une pellicule trompeuse, la rivière et ses profondeurs complexes symbolisent l'esthétique réaliste telle que la conçoit Maupassant et revêtent donc une dimension dite « métapoétique[1] ». Pour être saisies dans leur vérité, elles exigent du poète que, par principe, il ne donne l'avantage ni à l'une ni à l'autre, autrement dit ni à ce qui est au-dessus, ni à ce qui est au-dessous, mais qu'il appréhende ensemble, comme deux éléments constitutifs du réel, les miroitements de la surface et la sombre profondeur. « Ah ! la belle, calme, variée et puante rivière pleine de mirage et d'immondices. Je l'ai tant aimée, je crois, parce qu'elle m'a donné, me semble-t-il, le sens de la vie » (p. 75), écrit Maupassant, dans « Mouche », résumant ainsi sa fascination pour l'eau, cette source d'inspiration ambivalente.

La liquidation de l'idéalisme romantique

Malgré toute la révérence qu'elle implique, la citation des vers d'« *Oceano nox* », poème de Victor Hugo (1802-1885), dans la nouvelle « Sur l'eau », est une façon pour Maupassant de donner congé à la grandiloquence romantique. Saluée, la grandeur du lyrisme marin est définitivement écartée parce qu'elle ne rend pas justice à la duplicité du réel : en choisissant de dépeindre la grande mer « loyale » et le sublime sans mélange des hautes vagues de l'Océan, les écrivains romantiques comme Hugo se sont laissés aller à une forme d'idéalisme. Aux yeux de

1. On qualifie de « métapoétique » un discours qui porte sur la dimension littéraire du discours lui-même. Ici, la rivière est un élément métapoétique

Maupassant, le merveilleux auquel il leur est donné d'accéder – les « immenses pays bleuâtres, où les noyés roulent parmi les grands poissons, au milieu d'étranges forêts et dans des grottes de cristal » (*Sur l'eau*, p. 68) – sacrifie aux images d'Épinal et à la mièvrerie édulcorée des contes pour enfants. Identifiée ici à l'esthétique romantique et à ses grandes orgues lyriques, la poésie maritime échoue, contrairement au réalisme de la rivière, à exhumer le secret enfoui au fond de la réalité. Dans « Sur l'eau », ce secret, c'est une veine fantastique nouvelle, pétrie dans la vase du fait divers, qui remonte à la surface sous l'aspect d'un cadavre de femme noyée.

Sous la forme d'un jugement personnel, qui n'engage que le narrateur du texte, une phrase sanctionne discrètement l'infériorité esthétique du romantisme : « Eh bien, je crois que les histoires chuchotées par les roseaux minces avec leurs petites voix si douces doivent être encore plus sinistres que les drames lugubres racontés par les hurlements des vagues » (p. 68). Mais on ne saurait s'y tromper, à travers la modeste rêverie de cette prosopopée[1] végétale, Maupassant exprime une ferme conviction : la rivière doit consacrer la suprématie du réalisme sur l'idéalisme, pour toutes les littératures passées ou à venir[2].

On peut mesurer le caractère novateur d'une telle rupture esthétique en la rapportant aux textes des écrivains romantiques et de leurs successeurs, inspirés par le sublime marin. *Un*

---

car, avant de représenter le cadre spatial de la narration, elle symbolise l'écriture réaliste telle que la pratique Maupassant.

1. ***Prosopopée*** : figure de style qui consiste à donner la parole à un objet inanimé, comme ici les minces roseaux.

2. On retrouve cette idée dans les *Chroniques* de Maupassant (*Chroniques littéraires et parisiennes*, éd. Pascal Pia, Évreux, Le Cercle du bibliophile, 1969) : « Littérairement, ce qui nous paraît haïssable, ce sont les vieilles orgues de Barbarie larmoyantes, dont Jean-Jacques Rousseau a inventé le mécanisme et dont une suite de romanciers [...] s'est obstinée à tourner la manivelle, répétant invariablement les mêmes airs langoureux et faux. »

drame au bord de la mer (1835), de Balzac, est l'un d'eux : dans ce récit, l'auteur s'attache dans un premier temps à décrire le monde pittoresque des pêcheurs bretons, et semble ainsi s'acheter une caution réaliste ; mais, dans un second temps, ce réalisme cède la place à une idéalisation du littoral maritime, qui devient le théâtre d'une mortification[1] sans exemple. Père infanticide et noble déchu, Cambremer en est le héros démesuré. Telle une figure de saint ou de fou, il garde le silence dans sa grotte d'ermite, face à la mer, pour expier l'impardonnable crime qu'il a commis en noyant son fils. Dans ce récit édifiant[2], la peinture des bords de mer ne sert finalement qu'à magnifier le pathétique grandiose d'une tragédie bretonne.

Le partage des eaux…
ou l'ambivalence au cœur des textes

Avec Maupassant, fi de ces malheurs qui prennent l'infini à témoin ! Chez lui, les grandes douleurs ont toujours des accents dérisoires et les joies simples de la vie sont entachées d'amertume. La critique a souligné les brusques oscillations d'humeur de l'écrivain, capable, sur un même motif, de greffer des représentations de bonheur exalté ou, à l'opposé, de sombres visions, trempées dans le pessimisme schopenhauerien[3]. Cette dimension « bipolaire[4] » est une des caractéristiques générales de son œuvre. Il suffit d'ouvrir le recueil de *La Maison Tellier* (1881), consacré aux filles de joie, pour s'en rendre compte : à

---

1. ***Mortification*** : souffrances physiques ou morales qu'une personne s'inflige volontairement afin de se punir de ses fautes.
2. ***Édifiant*** : qui vise à donner une leçon morale.
3. ***Schopenhauer*** (1788-1860) : philosophe allemand, dont l'idéalisme pessimiste et athée exerça une grande influence sur Maupassant, et aussi sur nombre de ses contemporains.
4. En psychiatrie, le « trouble bipolaire » désigne l'affection maniaco-dépressive caractérisée par des troubles de l'humeur.

la vision lumineuse des prostituées normandes assoiffées de pureté et de campagne, succède aussitôt la rencontre avec des « tombales », ces « sépulcrales chasseresses » qui hantent les cimetières pour y séduire les hommes veufs en exploitant les regrets amoureux qu'ils peuvent éprouver dans ces lieux funèbres. On retrouve un diptyque comparable dans les *Contes du jour et de la nuit*, sur le thème du sacrifice social de la femme : à « La Parure », qui peint le misérable déclassement d'une cendrillon réaliste, succède dans « Le Bonheur » le tableau d'une félicité simple et résignée, loin de tout appétit de grandeur sociale. À partir d'un même argument dramatique – le rêve d'une autre vie, le mépris du milieu auquel on appartient –, Maupassant trame des destins féminins antagonistes. Mais ces variations d'inspiration ne sont jamais aussi marquées qu'entre les berges d'un fleuve ou à quelques encablures d'un rivage marin : l'eau accueille avec une plasticité idéale les élans et les dépressions imaginaires de l'écrivain, ses bouffées de sensualité optimiste comme ses dégoûts existentiels.

Des idylles empoisonnées

Le terrain de prédilection de cette « houle » permanente, qui balance entre la grâce et la flétrissure, c'est bien entendu la question amoureuse et sa face cachée, la sexualité. De Chatou à Bezons, en passant par Étretat, seule incursion maritime de notre volume, le recueil nous entraîne, au fil de l'eau, dans une croisière placée sous le signe du désir et de sa désillusion. À la fascination sensuelle qui irradie « Une partie de campagne », répond le délitement morbide des autres nouvelles. Les appétits vitaux de la chair voisinent avec les réalités de la mort les plus crues : cadavre de femme noyée (« Sur l'eau »), suicide dans les eaux troubles de la Seine (« La Femme de Paul »), convoi d'un macchabée (« La Roche aux Guillemots »). Théâtres d'idylles galantes, la rivière et la mer servent aussi de décor à une véritable ronde macabre. Même une nouvelle apparemment uniment radieuse comme « Une partie de campagne » est rongée de l'intérieur par une ombre malsaine, et finalement contaminée par la déréliction. Pour Henriette comme pour Henri, la chair, pourtant incendiée par le désir à la faveur du glissement sur l'eau et de la caresse du soleil, se révèle infiniment triste, comme chez le poète Mallarmé[1]. C'est la mort dans l'âme, aliénée par la médiocrité d'un mariage ridicule et la conscience mortifiée par le souvenir d'une extase amoureuse à jamais perdue, qu'Henriette retrouve le cabinet particulier des bords de Seine.

Dans toutes les nouvelles du recueil, à l'exception de « Sur l'eau » et de « La Roche aux Guillemots »[2], une redistribution des rôles amoureux s'opère à la faveur d'un séjour au bord de l'eau. Après s'être attaché à ses conséquences dans une famille d'honnêtes bourgeois, les Dufour (« Une partie de campagne »), l'écrivain aborde avec Paul et Madeleine l'exemple d'un jeune couple mis à mal par le démon de la bisexualité, dans le décor louche du café flottant de la Grenouillère (« La Femme de Paul »). Enfin, dans « Mouche », il évoque avec une légèreté tragique les agréments d'une sexualité communautaire, d'un partage heureux et consenti de la paternité. À travers ces trois exemples, Maupassant propose donc une typologie quasi complète des modèles de relations amoureuses.

Mais, loin de céder à une curiosité facile pour des sujets qui choquent le bourgeois, Maupassant s'y intéresse parce que ces

1. Le poème « Brise marine » (1865), qui commence ainsi, « La chair est triste hélas, et j'ai lu tous les livres », exprime ce désenchantement que Mallarmé partage avec Maupassant.

2. Les protagonistes de ces deux nouvelles sont toutefois eux aussi des figures de passionnés dont l'équilibre mental est, si l'on peut dire, « perturbé » par l'activité exclusive à laquelle ils se consacrent : le canotage dans un cas, la chasse dans l'autre.

derniers offrent un terrain propice à la subversion de la morale commune. C'est en moraliste qu'il étudie les circonstances susceptibles de faire basculer l'équilibre ordinaire de nos vies. Dans « Une partie de campagne », sous couvert de partager leur passion sportive, deux canotiers arrachent respectivement une mère à sa respectabilité de femme mariée, et sa fille à son innocente virginité... L'adultère et le dépucelage sont les deux réalités crues qui se cachent derrière une proposition de divertissement. Si le lecteur peut choisir de se railler de la candeur bonhomme de M. Dufour, qui troque volontiers sa femme et sa fille contre une partie de pêche – « cet idéal des boutiquiers » (p. 59) –, il peut aussi le soupçonner de proxénétisme passif... En outre, la brutalité du retour à la banalité parisienne jette sur toute cette aventure un jour désenchanté.

L'évocation des amours homosexuelles, avec « La Femme de Paul », complète les turpitudes de ces bourgeois bien comme il faut. Fréquentée par une société interlope[1], qui vient chercher là des émois faciles et des plaisirs sans lendemain, la Grenouillère est le repaire de ces amours « déviantes » ou « saphiques », ainsi qu'on les appelait à l'époque. Mais ce n'est pas l'exotisme de la société lesbienne qui retient Maupassant[2]. En Paul, il observe plutôt les ravages qu'exerce sur un homme, quand il l'aime, une femme « qui n'est pas son genre » et dont il ne parvient pas à s'arracher[3]. L'apparition triomphale du canot de Lesbos et les railleries répétées qu'il essuie de la part de Pauline et de ses acolytes transforment sa douleur en un

1. ***Interlope*** : équivoque, louche, douteuse.

2. Proche de Gisèle d'Estoc, une amie lesbienne, Maupassant n'ignorait rien de ces réalités.

3. Dans *À la recherche du temps perdu*, Marcel Proust développera le même thème d'un amour « mal assorti » : Swann et le narrateur, respectivement épris d'Odette et d'Albertine, deux femmes qui ne sont pas leur genre, sont tous deux victimes de leur choix malheureux en amour.

insupportable sarcasme. La vulgarité, la honte, le ridicule dégradant que ressent Paul au milieu de cette assemblée de batraciens obscènes sont les causes de son suicide, au moins autant que la jalousie amoureuse qu'il éprouve. Dans le travestissement généralisé qui règne à la Grenouillère, Paul, victime pathétique d'un drame passionnel, se voit transformé en un grotesque souffre-douleur. Plus encore qu'« Une partie de campagne », « La Femme de Paul » est l'illustration parfaite de cette dualité d'inspiration désenchantée qui caractérise Maupassant : la promesse amoureuse y est grimée en une triste pantomime[1] et la fête galante tourne au pathétique suicidaire.

Malgré le tragique accident qui prive les canotiers libertaires de leur progéniture, « Mouche » parvient à conjurer, par sa légèreté de ton et sa promesse d'un autre enfant à naître, la terrible réversibilité des eaux douces. Le sauvetage de la jeune fille se paie pourtant au prix fort : la scène de la fausse couche de Mouche est un sommet d'angoisse réaliste, qui fait partager au lecteur les souffrances de l'héroïne et les frayeurs de ses amants.

Les nouveaux loisirs qui s'épanouissent au bord des rivières offrent donc à Maupassant, mais aussi aux peintres impressionnistes, un vivier de sujets moraux qui mettent à mal la bienséance de la morale bourgeoise. En procédant à une « nouvelle donne galante », ils invitent à reconsidérer des questions qui sont aussi les sujets de prédilection de l'auteur : l'institution conjugale, le statut de la femme, l'énigme de la filiation et l'angoisse de la paternité, la puissance du désir ou encore l'aliénation du quotidien.

---

1. ***Pantomime*** : ici, parodie ridicule.

La tension de la nouvelle : une composition dynamique

Au fondement de l'esthétique réaliste, la double nature de l'eau, profonde et superficielle, « pleine de mirages et d'immondices », influence également la structure narrative de la nouvelle. Chez Maupassant, comme chez Edgar Allan Poe[1], le grand théoricien du genre, se met en place une stratégie de la composition qui vise à préparer l'effet final produit sur le lecteur. Baptisée « unité d'impression » ou « totalité d'effet » par l'auteur des *Histoires extraordinaires*, cette technique consiste à disséminer dans tout le texte d'imperceptibles indices qui convergent tous vers la résolution finale.

Grand admirateur de Poe, Baudelaire traduit très fidèlement le fonctionnement du genre de la nouvelle :

> [La nouvelle] a sur le roman à vastes proportions cet immense avantage que sa brièveté ajoute à l'intensité de l'effet. Cette lecture, qui peut être accomplie tout d'une haleine, laisse dans l'esprit un souvenir bien plus puissant qu'une lecture brisée, interrompue souvent par le tracas des affaires et le soin des intérêts mondains. L'unité d'impression, la totalité d'effet est un avantage immense qui peut donner à ce genre de composition une supériorité tout à fait particulière, à ce point qu'une nouvelle trop courte (c'est sans doute un défaut) vaut encore mieux qu'une nouvelle trop longue. L'artiste, s'il est habile, n'accommodera pas ses pensées aux incidents. Si la première phrase n'est pas écrite en vue de préparer cette impression finale, l'œuvre est manquée dès le début. Dans sa composition tout entière, il ne doit pas se glisser un seul mot qui ne soit une intention, qui ne tende, directement ou indirectement, à parfaire le dessein prémédité[2].

1. ***Edgar Allan Poe*** (1809-1849) : poète, nouvelliste et romancier américain qui s'est illustré tout particulièrement dans le registre fantastique.
2. Charles Baudelaire, « Notes nouvelles sur Edgar Poe » (1857), dans *Curiosités esthétiques, L'Art romantique*.

Lors d'une première lecture, ces détails semblent anodins, ou sont au mieux ressentis comme de banals « effets de réel » ; en réalité, ces signes avant-coureurs, qui balisent le parcours, mènent le lecteur à l'éblouissement final. Tel un canotier habile, dont chaque mouvement de rames vise l'efficacité, Maupassant entraîne énergiquement son lecteur vers la ligne d'arrivée. Ce dernier est ainsi dupé par l'invisible tension du texte, et se laisse guider à son insu vers la déception, le soulagement ou le choc de la fin du récit. Tout comme les eaux de la Seine, les signes perçus par le lecteur sont doubles : gratuits, réalistes, superficiels, à première vue, les détails revêtent finalement, dans l'orchestration sous-marine de l'œuvre, un sens symbolique.

Dans « Une partie de campagne », ces signes sont innombrables : tout d'abord, c'est le « cabinet de société » sur l'enseigne de l'auberge Poulin, qui annonce un autre cabinet particulier, celui d'Henri, dans la verdure des bosquets. Les yoles[1], pareilles à deux grandes filles, et devant lesquelles les Dufour se pâment d'admiration, confirment l'importance des « paires sexuelles » dans la nouvelle, la mère doublant la fille, et le commis doublant le père. Quelques lignes plus loin, ironiquement placé dans la bouche de M. Dufour, un jeu de mots sur les canotiers qui ne sortent jamais sans « leurs *dames* », fait du mari balourd un augure[2] malgré lui. Le motif du double qui parcourt tout le texte annonce également la double fin de la nouvelle. Alors qu'il semblait s'achever sur la visite d'Henri rue des Martyrs, comme le laisse penser l'espace qui suit l'épisode, le texte rebondit inopinément et se poursuit avec l'ultime retour d'Henriette sur les lieux de son aventure. De nombreux autres effets de circularité parcourent la nouvelle et lui donnent sa dimension vertigineuse.

---

1. ***Yoles*** : petits canots légers, étroits et allongés, propulsés à l'aviron.
2. ***Augure*** : ici, devin.

« La Femme de Paul » n'est pas en reste. Dès le début, la topographie a des accents macabres : « L'île est étranglée juste à la Grenouillère, et sur l'autre bord, [...] le bras rapide, plein de tourbillons, de remous, d'écume, roule avec des allures de torrent » (p. 99). Ces précisions ne sont pas gratuites, puisque les lieux serviront de théâtre à la catastrophe finale de la noyade. Le « trou bourbeux » (p. 106) qui figure métaphoriquement l'amour de Paul pour Madeleine annonce le cadavre plein de vase et recouvert d'un enduit noirâtre que les mariniers repêcheront dans la Seine. On peut encore lire le nom « Grenouillère » comme un programme burlesque et une clé d'interprétation de la nouvelle dans son intégralité : l'harmonie galante cède progressivement le pas à la vulgarité à mesure que l'on s'éloigne du restaurant Grillon pour rejoindre le café flottant. Le bal ressemble plus à une bacchanale[1] de batraciens qu'à un divertissement populaire. Les injures poissardes que Pauline déverse à la figure de Paul semblent avoir le pouvoir de le transformer en un misérable crapaud, comme dans le conte de Perrault, si l'on en juge par sa dernière apparition (« il semblait vert déjà, avec sa bouche, ses yeux, son nez, ses habits pleins de vase », p. 116).

Même dans une nouvelle aussi courte que « La Roche aux Guillemots », l'auteur ménage ce genre d'effet de composition. À l'interrogation du narrateur sur la raison qui pousse les nouvelles générations d'oiseaux à revenir tous les ans sur la roche choisie jadis par leurs pères répond, dans le règne humain, la négligence inouïe de l'aïeul pour son gendre décédé. La nouvelle révélera en effet à la fin du récit le peu d'empressement du chasseur à honorer d'une sépulture décente le cadavre qu'il transporte dans sa voiture.

---

1. ***Bacchanale*** : dans l'Antiquité, cérémonie célébrée en l'honneur de Bacchus, dieu du vin, des festivités, de la danse. Ce dernier est souvent associé à l'inversion des valeurs communes et aux débordements (notamment sexuels).

L'ambivalence de l'eau semble inspirer non seulement les thèmes de Maupassant, mais la façon même dont il compose ses nouvelles. Elle imprègne aussi l'écriture et le style de l'auteur.

Style aquatique et dérive lexicale

Plusieurs critiques ont souligné le paradoxe stylistique qui se niche au cœur de l'écriture de Maupassant. En digne émule de Flaubert, l'écrivain affirme haut et fort dans sa préface de *Pierre et Jean* que « quelle que soit la chose qu'on veut dire, il n'y a qu'un mot pour l'exprimer, qu'un verbe pour l'animer et qu'un adjectif pour le qualifier[1] ». Il se réclame ainsi de l'esthétique classique des poètes comme Malherbe (1555-1628) pour qui, selon le célèbre précepte de Boileau (1636-1711), « un mot mis en sa place enseign[e] le pouvoir » (*Art poétique*). Pourtant, Maupassant ne se tient pas toujours à ce principe : on observe dans ses fictions une tendance systématique au doublement, voire au triplement, du terme lexical[2]. Quelques exemples puisés dans notre *corpus* permettent d'illustrer cette manie « ternaire » de l'art de la caractérisation :

– Dans « Mouche », le narrateur déclare dans un accent de sincérité qui laisse entendre la voix de Maupassant lui-même : « Ma grande, ma seule, mon absorbante passion pendant dix ans, ce fut la Seine » (p. 75).

– Dans « La Femme de Paul », le public louche de la Grenouillère est ainsi stigmatisé : « Car on sent là, à pleines narines, toute l'écume du monde, toute la crapulerie distinguée, toute la moisissure de la société parisienne... » (p. 100) ; et plus loin : « Ce

1. « Étude sur le roman », préface au roman *Pierre et Jean* (1888).
2. ***Jules Lemaitre*** (1853-1914) : ce critique littéraire parle à ce propos, dans son ouvrage *Les Contemporains*, d'un « essayage de termes ».

lieu sue la bêtise, pue la canaillerie et la galanterie de bazar » (p. 100). À propos de l'amour de Paul pour Madeleine, le narrateur définit en trois temps, dont l'un se dédouble en trois adjectifs, l'ascendant irrésistible que connaît le héros : « Il subissait cet ensorcellement féminin, mystérieux et tout-puissant, cette force inconnue, cette domination prodigieuse, venue on ne sait d'où, du démon de la chair » (p. 106).

– Enfin, dans « Une partie de campagne », pour rejoindre Bezons et ses bords de Seine, il faut traverser « une campagne interminablement nue, sale et puante » (p. 52). La langueur qui engourdit progressivement Henriette est également scandée en trois temps : « Elle se sentait prise d'un renoncement de pensée, d'une quiétude de ses membres, d'un abandonnement d'elle-même, comme envahie par une ivresse multiple » (p. 59-60).

D'un groupe lexical ou d'un adjectif à l'autre, les reformulations n'ajoutent que peu de sens au propos, mais lui confèrent une dimension litanique[1]. Cette pratique manifeste un tel écart par rapport à la théorie du mot juste, au principe classique de l'économie lexicale, qu'elle réclame une interprétation. Certains critiques y ont vu la marque d'une émancipation volontaire à l'égard de la doctrine flaubertienne. D'autres ont suggéré qu'il s'agissait là d'un procédé visant à susciter chez le lecteur une impression de familiarité. Tout se passe donc comme si Maupassant répugnait à l'emploi définitif du mot seul. Se méfiant de la prétention du mot à capturer l'essence d'une chose, il lui préfère le mouvement toujours recommencé de la caractérisation, qui multiplie les attributs de qualité.

On peut mettre en relation cette particularité stylistique avec deux des obsessions de l'auteur : d'une part, son angoisse de l'éphémère, de la fragilité de l'existence ; d'autre part, son approche phénoménologique du monde (c'est-à-dire son désir

1. ***Litanique*** : qui procède par répétitions, par ressassement.

de décrire la manière dont l'homme, en tant que conscience, donne du sens aux objets du monde). Combien d'élans indignés dans ses textes contre l'œuvre de destruction de la nature, contre les attaques du temps sur la beauté des femmes, contre la révolution des saisons et des planètes ! Autant de déplorations qui reprennent le *leitmotiv*[1] de Schopenhauer : « Rien de fixe dans la vie fugitive [...], ni joie éternelle, ni impression permanente, ni enthousiasme durable, tout se dissout dans le torrent des années[2]. » Parce qu'il sait que rien ne dure, l'écrivain sait aussi que les émotions sont nos seules richesses, la seule source du beau, et cherche à cerner leurs effets sur la conscience. Le mouvement qui consiste à décrire son objet en trois temps répond ainsi chez lui à un double souci : capter le monde extérieur par le canal de la sensation, de l'impression, et conjurer la fugacité de celle-ci en la reformulant dans la phrase, comme pour la faire durer.

À partir de cette observation, il est difficile de ne pas voir dans cette pratique de la dérive lexicale l'influence de l'élément aquatique sur l'écriture de Maupassant : la phrase de l'écrivain procède en effet par flux et reflux, comme une vague. L'auteur lui-même nous autorise à pousser plus loin l'analogie entre son style et l'élément liquide. N'écrit-il pas, en effet :

> La langue française [...] est une eau pure que les écrivains maniérés n'ont jamais pu et ne pourront jamais troubler. Chaque siècle a jeté dans ce courant limpide ses modes, ses archaïsmes prétentieux et ses préciosités, sans que rien surnage de ces tentatives inutiles, de ces efforts impuissants. La nature de cette langue est d'être claire, logique, nerveuse. Elle ne se laisse pas affaiblir, obscurcir ou corrompre[3].

---

1. ***Leitmotiv*** : idée, conviction qui revient constamment.
2. *Le Monde comme volonté et comme représentation* (1818-1819 et 1844), trad. Auguste Burdeau, Librairie Félix Alcan, 1912.
3. « Étude sur le roman », *op. cit.*

« Le style est l'homme même », disait Buffon[1]. Nul ne s'étonnera donc que le canotier chevronné manie la plume avec l'énergie du rameur, répétant toujours le même mouvement cadencé. Nerveux, clair, logique, mais surtout ondoyant et régulier, c'est ce style tout en souplesse qui entraîne le lecteur dans le flux même de la sensation.

1. Buffon, *Discours sur le style*, 1753.

CHRONOLOGIE

1850 1893

1850 1893

■ Repères historiques et culturels

■ Vie et œuvre de l'auteur

Repères historiques et culturels

1851-1852	En 1851, coup d'État de Louis-Napoléon Bonaparte qui devient **Napoléon III** en 1852. Début du Second Empire.
1852	Millais, *Ophélie*.
1853	Hugo, *Les Châtiments*. Verdi, *La Traviata*.
1854	Début des grands travaux du préfet Haussmann à Paris.
1855	Exposition universelle.
1856-1857	Parution de la revue *Le Réalisme*, éditée par Duranty. Courbet, *Les Demoiselles des bords de la Seine*.
1857	Flaubert, *Madame Bovary*. Baudelaire, *Les Fleurs du mal*. Procès de Flaubert et de Baudelaire.
1859	Darwin, *De l'origine des espèces*. Hugo, *La Légende des siècles*. Wagner, *Tristan und Isolde*.
1862	Tourgueniev, *Pères et fils*. Hugo, *Les Misérables*.
1863	Naissance de l'école du Parnasse. Salon des refusés (Manet, Pissarro, Cézanne...). Manet, *Le Déjeuner sur l'herbe*. Boudin, *La Plage de Trouville*.
1865	Les frères Goncourt, *Germinie Lacerteux*. Taine, *Philosophie de l'art*. Claude Bernard, *Introduction à l'étude de la médecine expérimentale*.
1866	Daudet, premières *Lettres de mon moulin*. Marx, *Le Capital*.
1867	Zola, *Thérèse Raquin* (première œuvre véritablement naturaliste de Zola).

Vie et œuvre de l'auteur

1850	Naissance de Guy de Maupassant.
1850-1859	Enfance en Normandie. Séjours à Paris.
1859	La famille déménage à Paris.
1860	Séparation des parents. La mère s'installe avec ses deux fils à Étretat, en Normandie.
1860-1868	Petit séminaire d'Yvetot : Guy s'y déplaît. Premiers poèmes.

Repères historiques et culturels

1869 Renoir, *La Grenouillère*.
Flaubert, *L'Éducation sentimentale*.

1870 **Guerre franco-allemande**, qui conduit à la déroute des troupes françaises à Sedan et au siège de Paris.
Chute de l'Empire et proclamation de la **IIIe République**.

1871 Armistice. **Commune de Paris** : mouvement prolétarien révolutionnaire et hostile à la capitulation, réprimé dans le sang par le gouvernement de Thiers.
Traité de Francfort : la France cède l'Alsace-Lorraine.
Zola, *La Fortune des Rougon* (premier roman des *Rougon-Macquart*).

1871-1873 Gouvernement de **Thiers** : réorganisation de la France et évacuation du territoire par les Prussiens.

1872 Renoir, *Les Canotiers à Chatou*.
Monet s'installe à Argenteuil.

1873 Jules Verne, *Le Tour du monde en quatre-vingts jours*.
Rimbaud, *Une saison en enfer*, *Illuminations*.

1873-1879 Gouvernement **Mac-Mahon** : l'Ordre moral, tentative avortée de restauration monarchiste.

1874 Flaubert, *La Tentation de saint Antoine*.
Première exposition du groupe des peintres « impressionnistes » chez Nadar.

1875 Bizet, *Carmen*.

Vie et œuvre de l'auteur

1868 Guy sauve de la noyade le poète anglais Swinburne.
Il est renvoyé du petit séminaire pour indiscipline. Cours séjour au lycée du Havre, où il fait également preuve de désobéissance.

1868-1869 Lycée de Rouen. Classe de philosophie et baccalauréat ès lettres. Découverte de la pensée de Schopenhauer.
Flaubert corrige ses premiers essais.

1870 Guy de Maupassant s'installe à Paris et s'inscrit en droit mais la mobilisation interrompt ses études.

1870-1871 Il effectue son service militaire pendant la guerre franco-allemande et le siège de Paris.

1872 Il obtient un emploi au ministère de la Marine.

1873 Premières parties de canotage sur la Seine.
Début du travail d'écriture assidu sous la direction de Flaubert.

1874 Il demande des sujets de nouvelles à sa mère.

1875 Rencontre des frères Goncourt, de Daudet, Mallarmé, Tourgueniev et Zola.
« La Main d'écorché » (conte).
Représentation privée d'*À la feuille de rose. Maison turque* (pièce pornographique).

Repères historiques et culturels

1876 Flaubert, *Trois Contes*.
Mallarmé, *L'Après-midi d'un faune*.

1876-1877 Élections législatives : les républicains obtiennent la majorité à l'Assemblée.

1877 Zola, *L'Assommoir*. Début de l'école naturaliste.

1878 Caillebotte, *Les Périssoires*.

1880 *Les Soirées de Médan* (recueil collectif de nouvelles naturalistes).
Mort de Flaubert.
Traduction française des textes du philosophe allemand Schopenhauer.

1880-1885 Gouvernements **Jules Ferry** :
– lois scolaires (enseignement primaire laïque, gratuit et obligatoire ; généralisation de l'enseignement secondaire aux jeunes filles) ;
– lois sur la liberté de la presse, la liberté de réunion et la liberté syndicale ;
– conquêtes coloniales.

Vie et œuvre de l'auteur

1876 « Au bord de l'eau » (poème).

1877 Premières attaques de la syphilis. Cure en Suisse.
« Le Donneur d'eau bénite » (conte).

1878 Migraines et canotage.
La Trahison de la comtesse de Rhune (drame, refusé au Théâtre-Français).
« La Vénus rustique » (poème).
« La Dernière Escapade » (poème).

1879 Maupassant est affecté au ministère de l'Instruction publique.
Voyages en Bretagne et à Jersey.
L'Histoire du vieux temps, *Une répétition* (théâtre).
« Le Papa de Simon » (conte).
« Une fille » (poème ; reprise presque intégrale d'« Au bord de l'eau », 1876).

1880 L'auteur d'« Une fille » est conduit devant la justice pour outrage aux bonnes mœurs. Flaubert intercède en sa faveur.
Début de la collaboration avec la revue *Le Gaulois*.
Guy de Maupassant quitte le ministère.
Voyage en Corse.
Des vers (recueil de poèmes). « Le Mur » (poème).
« Boule-de-Suif », nouvelle publiée dans *Les Soirées de Médan*, remporte un vif succès.

1881 Voyage en Algérie (reportage pour *Le Gaulois*). Retour par la Corse, l'Italie et la Côte d'Azur.
Début de la collaboration avec la revue *Gil Blas*.
La Maison Tellier (premier recueil de contes).

1882 Séjour à Menton et Saint-Raphaël.
Mademoiselle Fifi (recueil de contes).

Repères historiques et culturels

1883	Villiers de L'Isle-Adam, *Contes cruels*.
1884	James Ensor, *Le Rameur*.
1885	Zola, *Germinal*. Rodin, *Le Baiser*.
1887	Fondation du Théâtre-Libre par André Antoine : il vise à renouveler l'art dramatique par le réalisme.
1888	Début du boulangisme, mouvement politique nationaliste et revanchard. Jarry, *Ubu roi*.
1889	Exposition universelle. Construction de la tour Eiffel.
1890	Renan, *L'Avenir de la science*.
1892	Attentats anarchistes.
1893	Zola, *Le Docteur Pascal* (dernier roman des *Rougon-Macquart*).

Vie et œuvre de l'auteur

1883 Séjours à Cannes et Châtelguyon.
Guy de Maupassant fait construire une maison à Étretat.
Contes de la bécasse.
Une vie (roman).

1884 Séjour à Cannes.
Clair de lune, *Miss Harriet*, *Les Sœurs Rondoli* (recueils de contes).
Il suit le cours du Dr Charcot à la Salpêtrière (hôpital parisien).

1885 *Bel-Ami* (roman).
Contes du jour et de la nuit.
Voyages en Italie et en Sicile, achat du yacht *Le Bel-Ami* et croisière en Méditerranée. Cure à Châtelguyon.

1886 Voyage en Angleterre, séjours à Étretat puis à Châtelguyon.
Toine, *Monsieur Parent*, *La Petite Roque* (recueils de contes).

1887 Troubles mentaux de son frère Hervé. Voyage en Afrique du Nord.
Mont-Oriol (roman).
Le Horla (recueil de contes).

1888 Croisière à bord du *Bel-Ami*. Voyage à Alger et Tunis.
Pierre et Jean (roman).
Le Rosier de Mme Husson (recueil de contes).
Sur l'eau (récit de voyages).
Fin de la collaboration avec *Le Gaulois*.

1889 Internement et mort de son frère Hervé. Voyage en Italie.
Graves problèmes de santé, qui s'accentuent l'année suivante.
Fort comme la mort (roman).

1890 Cure à Plombières et à Aix-les-Bains.
Notre cœur (roman).
L'Inutile Beauté (recueil de contes).
La Vie errante (récit de voyages).

1891 Maladie, dépression et fatigue : Maupassant ne peut plus écrire.
Fin de la collaboration avec *Gil Blas*.

1892 1er janvier : tentative de suicide. Internement à la clinique du Dr Blanche.

1893 6 juillet : mort de Guy de Maupassant.

Une partie de campagne
et autres nouvelles
au bord de l’eau

Une partie de campagne

On avait projeté depuis cinq mois d'aller déjeuner aux environs de Paris, le jour de la fête de Mme Dufour, qui s'appelait Pétronille[1]. Aussi, comme on avait attendu cette partie[2] impatiemment, s'était-on levé de fort bonne heure ce matin-là.

M. Dufour, ayant emprunté la voiture du laitier, conduisait lui-même. La carriole, à deux roues, était fort propre ; elle avait un toit supporté par quatre montants de fer où s'attachaient des rideaux qu'on avait relevés pour voir le paysage. Celui de derrière, seul, flottait au vent, comme un drapeau. La femme, à côté de son époux, s'épanouissait dans une robe de soie cerise extraordinaire. Ensuite, sur deux chaises, se tenaient une vieille grand-mère et une jeune fille. On apercevait encore la chevelure jaune d'un garçon qui, faute de siège, s'était étendu tout au fond, et dont la tête seule apparaissait.

Après avoir suivi l'avenue des Champs-Élysées et franchi les fortifications à la porte Maillot, on s'était mis à regarder la contrée.

En arrivant au pont de Neuilly, M. Dufour avait dit : « Voici la campagne enfin ! » et sa femme, à ce signal s'était attendrie sur la nature.

Au rond-point de Courbevoie, une admiration les avait saisis devant l'éloignement des horizons. À droite, là-bas, c'était Argenteuil, dont le clocher se dressait, au-dessus apparaissaient

1. La sainte Pétronille se fête le 31 mai.

2. ***Partie*** : sortie divertissante.

les buttes de Sannois et le Moulin d'Orgemont. À gauche, l'aqueduc de Marly se dessinait sur le ciel clair du matin, et l'on apercevait aussi, de loin, la terrasse de Saint-Germain ; tandis qu'en face, au bout d'une chaîne de collines, des terres remuées indiquaient le nouveau fort de Cormeilles. Tout au fond, dans un reculement formidable, par-dessus des plaines et des villages, on entrevoyait une sombre verdure de forêts.

Le soleil commençait à brûler les visages ; la poussière emplissait les yeux continuellement, et, des deux côtés de la route, se développait une campagne interminablement nue, sale et puante. On eût dit qu'une lèpre l'avait ravagée, qui rongeait jusqu'aux maisons, car des squelettes de bâtiments défoncés et abandonnés, ou bien des petites cabanes inachevées faute de paiement aux entrepreneurs, tendaient leurs quatre murs sans toit.

De loin en loin, poussaient dans le sol stérile de longues cheminées de fabrique, seule végétation de ces champs putrides[1] où la brise du printemps promenait un parfum de pétrole et de schiste[2] mêlé à une autre odeur moins agréable encore.

Enfin, on avait traversé la Seine une seconde fois, et, sur le pont, ç'avait été un ravissement. La rivière éclatait de lumière ; une buée s'en élevait, pompée par le soleil, et l'on éprouvait une quiétude[3] douce, un rafraîchissement bienfaisant à respirer enfin un air plus pur qui n'avait point balayé la fumée noire des usines ou les miasmes[4] des dépotoirs.

Un homme qui passait avait nommé le pays : Bezons.

La voiture s'arrêta, et M. Dufour se mit à lire l'enseigne engageante d'une gargote[5] : « *Restaurant Poulin, matelotes*[6] *et*

---

1. ***Putrides*** : en état de décomposition.
2. ***Schiste*** : résidu non combustible du charbon.
3. ***Quiétude*** : tranquillité profonde.
4. ***Miasmes*** : émanations fétides provenant de substances en décomposition.
5. ***Gargote*** : petit restaurant bon marché.
6. ***Matelotes*** : mets composés d'une ou de plusieurs sortes de poissons, accommodés généralement avec du vin rouge et des oignons.

fritures, cabinets de société[1], *bosquets et balançoires*. Eh bien ! madame Dufour, cela te va-t-il ? Te décideras-tu à la fin ? »

La femme lut à son tour : « *Restaurant Poulin, matelotes et fritures, cabinets de société, bosquets et balançoires.* » Puis elle regarda la maison longuement.

C'était une auberge de campagne, blanche, plantée au bord de la route. Elle montrait, par la porte ouverte, le zinc brillant du comptoir devant lequel se tenaient deux ouvriers endimanchés.

À la fin, Mme Dufour se décida : « Oui, c'est bien, dit-elle ; et puis il y a de la vue. » La voiture entra dans un vaste terrain planté de grands arbres qui s'étendait derrière l'auberge et qui n'était séparé de la Seine que par le chemin de halage[2].

Alors on descendit. Le mari sauta le premier, puis ouvrit les bras pour recevoir sa femme. Le marchepied, tenu par deux branches de fer, était très loin, de sorte que, pour l'atteindre, Mme Dufour dut laisser voir le bas d'une jambe dont la finesse primitive disparaissait à présent sous un envahissement de graisse tombant des cuisses.

M. Dufour, que la campagne émoustillait déjà, lui pinça vivement le mollet, puis, la prenant sous les bras, la déposa lourdement à terre, comme un énorme paquet.

Elle tapa avec la main sa robe de soie pour en faire tomber la poussière, puis regarda l'endroit où elle se trouvait.

C'était une femme de trente-six ans environ, forte en chair, épanouie et réjouissante à voir. Elle respirait avec peine, étranglée violemment par l'étreinte de son corset trop serré ; et la pression de cette machine[3] rejetait jusque dans son double menton la masse fluctuante de sa poitrine surabondante.

---

1. ***Cabinets de société*** (ou cabinets particuliers) : dans un restaurant, pièces à l'écart réservées aux clients qui désirent être seuls.

2. ***Chemin de halage*** : chemin au bord de la rivière réservé au remorquage des bateaux.

3. Par ce terme, Maupassant désigne la complexité de la toilette de Mme Dufour.

La jeune fille ensuite, posant la main sur l'épaule de son père, sauta légèrement toute seule. Le garçon aux cheveux jaunes était descendu en mettant un pied sur la roue, et il aida M. Dufour à décharger la grand-mère.

Alors on détela le cheval, qui fut attaché à un arbre ; et la voiture tomba sur le nez, les deux brancards[1] à terre. Les hommes, ayant retiré leurs redingotes, se lavèrent les mains dans un seau d'eau, puis rejoignirent leurs dames installées déjà sur les escarpolettes[2].

Mlle Dufour essayait de se balancer debout, toute seule, sans parvenir à se donner un élan suffisant. C'était une belle fille de dix-huit à vingt ans ; une de ces femmes dont la rencontre dans la rue vous fouette d'un désir subit, et vous laisse jusqu'à la nuit une inquiétude vague et un soulèvement des sens. Grande, mince de taille et large des hanches, elle avait la peau très brune, les yeux très grands, les cheveux très noirs. Sa robe dessinait nettement les plénitudes fermes de sa chair qu'accentuaient encore les efforts des reins qu'elle faisait pour s'enlever. Ses bras tendus tenaient les cordes au-dessus de sa tête, de sorte que sa poitrine se dressait, sans une secousse, à chaque impulsion qu'elle donnait. Son chapeau, emporté par un coup de vent, était tombé derrière elle ; et l'escarpolette peu à peu se lançait, montrant à chaque retour ses jambes fines jusqu'au genou, et jetant à la figure des deux hommes, qui la regardaient en riant, l'air de ses jupes, plus capiteux[3] que les vapeurs du vin.

Assise sur l'autre balançoire, Mme Dufour gémissait d'une façon monotone et continue : « Cyprien, viens me pousser ; viens donc me pousser, Cyprien ! » À la fin, il y alla et, ayant retroussé les manches de sa chemise, comme avant d'entreprendre un travail, il mit sa femme en mouvement avec une peine infinie.

---

1. ***Brancards*** : grandes pièces de bois soutenant le corps d'une voiture et se prolongeant vers l'avant pour permettre d'y atteler un cheval.
2. ***Escarpolettes*** : balançoires.
3. ***Capiteux*** : enivrant.

Cramponnée aux cordes, elle tenait ses jambes droites, pour ne point rencontrer le sol, et elle jouissait d'être étourdie par le va-et-vient de la machine. Ses formes, secouées, tremblotaient continuellement comme de la gelée sur un plat. Mais, comme les élans grandissaient, elle fut prise de vertige et de peur. À chaque descente, elle poussait un cri perçant qui faisait accourir tous les gamins du pays ; et, là-bas, devant elle, au-dessus de la haie du jardin, elle apercevait vaguement une garniture de têtes polissonnes que des rires faisaient grimacer diversement.

Une servante étant venue, on commanda le déjeuner.

« Une friture de Seine, un lapin sauté, une salade et du dessert », articula Mme Dufour, d'un air important. « Vous apporterez deux litres et une bouteille de bordeaux », dit son mari. « Nous dînerons sur l'herbe », ajouta la jeune fille.

La grand-mère, prise de tendresse à la vue du chat de la maison, le poursuivait depuis dix minutes en lui prodiguant inutilement les plus douces appellations. L'animal, intérieurement flatté sans doute de cette attention, se tenait toujours tout près de la main de la bonne femme, sans se laisser atteindre cependant, et faisait tranquillement le tour des arbres, contre lesquels il se frottait, la queue dressée, avec un petit ronron de plaisir.

« Tiens ! cria tout à coup le jeune homme aux cheveux jaunes qui furetait dans le terrain, en voilà des bateaux qui sont chouet[1] ! » On alla voir. Sous un petit hangar en bois étaient suspendues deux superbes yoles[2] de canotiers, fines et travaillées comme des meubles de luxe. Elles reposaient côte à côte, pareilles à deux grandes filles minces, en leur longueur étroite et reluisante, et donnaient envie de filer sur l'eau par les belles soirées douces ou les claires matinées d'été, de raser les berges fleuries où les arbres entiers trempent leurs branches dans l'eau, où

1. ***Chouet*** : chouette.
2. ***Yoles*** : canots légers.

tremblote l'éternel frisson des roseaux, et d'où s'envolent, comme des éclairs bleus, de rapides martins-pêcheurs.

Toute la famille, avec respect, les contemplait. « Oh ! ça oui, c'est chouet », répéta gravement M. Dufour. Et il les détaillait en connaisseur. Il avait canoté, lui aussi, dans son jeune temps, disait-il ; voire même qu'avec ça dans la main – et il faisait le geste de tirer sur les avirons – il se fichait de tout le monde. Il avait rossé[1] en course plus d'un Anglais, jadis, à Joinville ; et il plaisanta sur le mot « *dames*[2] », dont on désigne les deux montants qui retiennent les avirons, disant que les canotiers, et pour cause, ne sortaient jamais sans leurs *dames*. Il s'échauffait en pérorant[3] et proposait obstinément de parier qu'avec un bateau comme ça, il ferait six lieues[4] à l'heure sans se presser.

« C'est prêt », dit la servante qui apparut à l'entrée. On se précipita ; mais voilà qu'à la meilleure place, qu'en son esprit Mme Dufour avait choisie pour s'installer, deux jeunes gens déjeunaient déjà. C'étaient les propriétaires des yoles, sans doute, car ils portaient le costume des canotiers.

Ils étaient étendus sur des chaises, presque couchés. Ils avaient la face noircie par le soleil et la poitrine couverte seulement d'un mince maillot de coton blanc qui laissait passer leurs bras nus, robustes comme ceux des forgerons. C'étaient deux solides gaillards, posant[5] beaucoup pour la vigueur, mais qui montraient en tous leurs mouvements cette grâce élastique des membres qu'on acquiert par l'exercice, si différente de la déformation qu'imprime à l'ouvrier l'effort pénible, toujours le même.

---

1. *Rossé* : battu.

2. *Dames* : nom donné aux ouvertures en forme de demi-lune situées de chaque côté de l'embarcation, qui soutiennent le manche de l'aviron et lui servent de point d'appui pendant la navigation.

3. *En pérorant* : en parlant beaucoup et de manière prétentieuse.

4. La ***lieue*** est une ancienne mesure de distance valant environ quatre kilomètres.

5. *Posant* : adoptant une attitude peu naturelle, se pavanant pour exhiber leur force physique.

Ils échangèrent rapidement un sourire en voyant la mère, puis un regard en apercevant la fille. « Donnons notre place, dit l'un, ça nous fera faire connaissance. » L'autre aussitôt se leva et, tenant à la main sa toque mi-partie rouge et mi-partie noire, il offrit chevaleresquement[1] de céder aux dames le seul endroit du jardin où ne tombât point le soleil. On accepta en se confondant en excuses ; et pour que ce fût plus champêtre, la famille s'installa sur l'herbe sans table ni sièges.

Les deux jeunes gens portèrent leur couvert quelques pas plus loin et se remirent à manger. Leurs bras nus, qu'ils montraient sans cesse, gênaient un peu la jeune fille. Elle affectait même de tourner la tête et de ne point les remarquer, tandis que Mme Dufour, plus hardie, sollicitée par une curiosité féminine qui était peut-être du désir, les regardait à tout moment, les comparant sans doute avec regret aux laideurs secrètes de son mari.

Elle s'était éboulée[2] sur l'herbe, les jambes pliées à la façon des tailleurs, et elle se trémoussait continuellement, sous prétexte que des fourmis lui étaient entrées quelque part. M. Dufour, rendu maussade par la présence et l'amabilité des étrangers, cherchait une position commode qu'il ne trouva pas du reste, et le jeune homme aux cheveux jaunes mangeait silencieusement comme un ogre.

« Un bien beau temps, monsieur », dit la grosse dame à l'un des canotiers. Elle voulait être aimable à cause de la place qu'ils avaient cédée. « Oui, madame, répondit-il ; venez-vous souvent à la campagne ?

– Oh ! une fois ou deux par an seulement, pour prendre l'air ; et vous, monsieur ?

– J'y viens coucher tous les soirs.

– Ah ! ça doit être bien agréable ?

– Oui, certainement, madame. »

---

1. ***Chevaleresquement*** : à la manière d'un chevalier, avec courtoisie.
2. ***Éboulée*** : laissée tomber.

Et il raconta sa vie de chaque jour, poétiquement, de façon à faire vibrer dans le cœur de ces bourgeois privés d'herbe et affamés de promenades aux champs cet amour bête de la nature qui les hante toute l'année derrière le comptoir de leur boutique.

La jeune fille, émue, leva les yeux et regarda le canotier. M. Dufour parla pour la première fois. « Ça, c'est une vie », dit-il. Il ajouta : « Encore un peu de lapin, ma bonne. – Non, merci, mon ami. »

Elle se tourna de nouveau vers les jeunes gens et, montrant leurs bras : « Vous n'avez jamais froid comme ça ? » dit-elle.

Ils se mirent à rire tous les deux, et ils épouvantèrent la famille par le récit de leurs fatigues prodigieuses, de leurs bains pris en sueur, de leurs courses dans le brouillard des nuits ; et ils tapèrent violemment sur leur poitrine pour montrer quel son ça rendait. « Oh ! vous avez l'air solides », dit le mari qui ne parlait plus du temps où il rossait les Anglais.

La jeune fille les examinait de côté maintenant ; et le garçon aux cheveux jaunes, ayant bu de travers, toussa éperdument, arrosant la robe en soie cerise de la patronne qui se fâcha et fit apporter de l'eau pour laver les taches.

Cependant, la température devenait terrible. Le fleuve étincelant semblait un foyer de chaleur, et les fumées[1] du vin troublaient les têtes.

M. Dufour, que secouait un hoquet violent, avait déboutonné son gilet et le haut de son pantalon ; tandis que sa femme, prise de suffocations, dégrafait sa robe peu à peu. L'apprenti balançait d'un air gai sa tignasse de lin[2] et se versait à boire coup sur coup. La grand-mère, se sentant grise[3], se tenait fort raide et fort digne. Quant à la jeune fille, elle ne laissait rien paraître ; son œil seul s'allumait vaguement, et sa peau très brune se colorait aux joues d'une teinte plus rose.

---

1. ***Fumées*** : effets produits sur le cerveau par l'absorption de vin ou d'alcool.
2. ***Tignasse de lin*** : chevelure blonde, abondante et mal peignée.
3. ***Grise*** : ivre.

Le café les acheva. On parla de chanter et chacun dit son couplet, que les autres applaudirent avec frénésie. Puis on se leva difficilement, et, pendant que les deux femmes, étourdies, respiraient, les deux hommes, tout à fait pochards[1], faisaient de la gymnastique. Lourds, flasques, et la figure écarlate, ils se pendaient gauchement aux anneaux sans parvenir à s'enlever[2] ; et leurs chemises menaçaient continuellement d'évacuer leurs pantalons pour battre au vent comme des étendards.

Cependant les canotiers avaient mis leurs yoles à l'eau et ils revenaient avec politesse proposer aux dames une promenade sur la rivière.

« Monsieur Dufour, veux-tu ? je t'en prie ! » cria sa femme. Il la regarda d'un air d'ivrogne, sans comprendre. Alors un canotier s'approcha, deux lignes de pêcheur à la main. L'espérance de prendre du goujon[3], cet idéal des boutiquiers[4], alluma les yeux mornes du bonhomme, qui permit tout ce qu'on voulut, et s'installa à l'ombre, sous le pont, les pieds ballants au-dessus du fleuve, à côté du jeune homme aux cheveux jaunes qui s'endormit auprès de lui.

Un des canotiers se dévoua : il prit la mère. « Au petit bois de l'île aux Anglais ! » cria-t-il en s'éloignant.

L'autre yole s'en alla plus doucement. Le rameur regardait tellement sa compagne qu'il ne pensait plus à autre chose, et une émotion l'avait saisi qui paralysait sa vigueur.

La jeune fille, assise dans le fauteuil du barreur[5], se laissait aller à la douceur d'être sur l'eau. Elle se sentait prise d'un renoncement de pensée, d'une quiétude de ses membres, d'un abandonnement d'elle-même, comme envahie par une ivresse

---

1. ***Pochards*** : ivres, saouls.
2. ***S'enlever*** : se soulever.
3. ***Goujon*** : poisson de petite taille que l'on mange en friture.
4. ***Boutiquiers*** : commerçants.
5. ***Barreur*** : celui qui tient la barre du gouvernail.

multiple. Elle était devenue fort rouge avec une respiration courte. Les étourdissements du vin, développés par la chaleur torrentielle qui ruisselait autour d'elle, faisaient saluer sur son passage tous les arbres de la berge. Un besoin vague de jouissance, une fermentation du sang parcouraient sa chair excitée par les ardeurs de ce jour ; et elle était aussi troublée dans ce tête-à-tête sur l'eau, au milieu de ce pays dépeuplé par l'incendie du ciel, avec ce jeune homme qui la trouvait belle, dont l'œil lui baisait la peau, et dont le désir était pénétrant comme le soleil.

Leur impuissance à parler augmentait leur émotion, et ils regardaient les environs. Alors, faisant un effort, il lui demanda son nom. « Henriette, dit-elle. – Tiens ! moi je m'appelle Henri », reprit-il.

Le son de leur voix les avait calmés ; ils s'intéressèrent à la rive. L'autre yole s'était arrêtée et paraissait les attendre. Celui qui la montait cria : « Nous vous rejoindrons dans le bois ; nous allons jusqu'à Robinson, parce que madame a soif. » Puis il se coucha sur les avirons et s'éloigna si rapidement qu'on cessa bientôt de le voir.

Cependant un grondement continu qu'on distinguait vaguement depuis quelque temps s'approchait très vite. La rivière elle-même semblait frémir comme si le bruit sourd montait de ses profondeurs.

« Qu'est-ce qu'on entend ? » demanda-t-elle.

C'était la chute du barrage qui coupait le fleuve en deux à la pointe de l'île. Lui se perdait dans une explication, lorsque, à travers le fracas de la cascade, un chant d'oiseau qui semblait très lointain les frappa. « Tiens, dit-il, les rossignols chantent dans le jour : c'est donc que les femelles couvent. »

Un rossignol ! Elle n'en avait jamais entendu, et l'idée d'en écouter un fit se lever dans son cœur la vision des poétiques tendresses. Un rossignol ! c'est-à-dire l'invisible témoin des rendez-vous d'amour qu'invoquait Juliette sur son balcon[1] ; cette musique du ciel accordée aux baisers des hommes ; cet éternel inspirateur de toutes les romances langoureuses[2] qui ouvrent un idéal bleu[3] aux pauvres petits cœurs des fillettes attendries !

Elle allait donc entendre un rossignol.

« Ne faisons pas de bruit, dit son compagnon, nous pourrons descendre dans le bois et nous asseoir tout près de lui. »

La yole semblait glisser. Des arbres se montrèrent sur l'île, dont la berge était si basse que les yeux plongeaient dans l'épaisseur des fourrés. On s'arrêta ; le bateau fut attaché ; et, Henriette s'appuyant sur le bras de Henri, ils s'avancèrent entre les branches. « Courbez-vous », dit-il. Elle se courba, et ils pénétrèrent dans un inextricable fouillis de lianes, de feuilles et de roseaux, dans un asile[4] introuvable qu'il fallait connaître et que le jeune homme appelait en riant « son cabinet particulier ».

Juste au-dessus de leur tête, perché dans un des arbres qui les abritaient, l'oiseau s'égosillait toujours. Il lançait des trilles[5] et des roulades[6], puis filait de grands sons vibrants qui emplissaient l'air et semblaient se perdre à l'horizon, se déroulant le long du fleuve et s'envolant au-dessus des plaines, à travers le silence de feu qui appesantissait la campagne.

Ils ne parlaient pas de peur de le faire fuir. Ils étaient assis l'un près de l'autre, et, lentement, le bras de Henri fit le tour de la taille de Henriette et l'enserra d'une pression douce. Elle prit, sans colère, cette main audacieuse, et elle l'éloignait sans cesse à mesure qu'il la rapprochait, n'éprouvant du reste aucun

---

1. Le rossignol, qui chante la nuit, est l'oiseau confident des amours de Roméo et Juliette dans la tragédie de Shakespeare (1594-1595).

2. ***Langoureuses*** : douces et mélancoliques.

3. Le bleu est la couleur de la sentimentalité.

4. ***Asile*** : refuge.

5. ***Trilles*** : battements rapides et ininterrompus sur deux notes voisines.

6. ***Roulades*** : suites de notes montantes ou descendantes.

embarras de cette caresse, comme si c'eût été une chose toute naturelle qu'elle repoussait aussi naturellement.

Elle écoutait l'oiseau, perdue dans une extase. Elle avait des désirs infinis de bonheur, des tendresses brusques qui la traversaient, des révélations de poésies surhumaines, et un tel amollissement des nerfs et du cœur, qu'elle pleurait sans savoir pourquoi. Le jeune homme la serrait contre lui maintenant ; elle ne le repoussait plus, n'y pensant pas.

Le rossignol se tut soudain. Une voix éloignée cria : « Henriette !

– Ne répondez point, dit-il tout bas, vous feriez envoler l'oiseau. »

Elle ne songeait guère non plus à répondre.

Ils restèrent quelque temps ainsi. Mme Dufour s'était assise quelque part, car on entendait vaguement, de temps en temps, les petits cris de la grosse dame que lutinait[1] sans doute l'autre canotier.

La jeune fille pleurait toujours, pénétrée de sensations très douces, la peau chaude et piquée partout de chatouillements inconnus. La tête de Henri était sur son épaule ; et, brusquement, il la baisa sur les lèvres. Elle eut une révolte furieuse et, pour l'éviter, se rejeta sur le dos. Mais il s'abattit sur elle, la couvrant de tout son corps. Il poursuivit longtemps cette bouche qui le fuyait, puis, la joignant, y attacha la sienne. Alors, affolée par un désir formidable, elle lui rendit son baiser en l'étreignant sur sa poitrine, et toute sa résistance tomba comme écrasée par un poids trop lourd.

Tout était calme aux environs. L'oiseau se remit à chanter. Il jeta d'abord trois notes pénétrantes qui semblaient un appel d'amour, puis, après un silence d'un moment, il commença d'une voix affaiblie des modulations très lentes.

---

1. ***Lutinait*** : taquinait en caressant.

Une brise molle glissa, soulevant un murmure de feuilles, et dans la profondeur des branches passaient deux soupirs ardents qui se mêlaient au chant du rossignol et au souffle léger du bois.

Une ivresse envahissait l'oiseau, et sa voix, s'accélérant peu à peu comme un incendie qui s'allume ou une passion qui grandit, semblait accompagner sous l'arbre un crépitement de baisers. Puis le délire de son gosier se déchaînait éperdument. Il avait des pâmoisons[1] prolongées sur un trait, de grands spasmes mélodieux.

Quelquefois il se reposait un peu, filant seulement deux ou trois sons légers qu'il terminait soudain par une note suraiguë. Ou bien il partait d'une course affolée, avec des jaillissements de gammes, des frémissements, des saccades, comme un chant d'amour furieux, suivi par des cris de triomphe.

Mais il se tut, écoutant sous lui un gémissement tellement profond qu'on l'eût pris pour l'adieu d'une âme. Le bruit s'en prolongea quelque temps et s'acheva dans un sanglot.

Ils étaient bien pâles, tous les deux, en quittant leur lit de verdure. Le ciel bleu leur paraissait obscurci ; l'ardent soleil était éteint pour leurs yeux ; ils s'apercevaient de la solitude et du silence. Ils marchaient rapidement l'un près de l'autre, sans se parler, sans se toucher, car ils semblaient devenus ennemis irréconciliables, comme si un dégoût se fût élevé entre leurs corps, une haine entre leurs esprits.

De temps à autre, Henriette criait : « Maman ! »

Un tumulte se fit sous un buisson. Henri crut voir une jupe blanche qu'on rabattait vite sur un gros mollet ; et l'énorme dame apparut, un peu confuse et plus rouge encore, l'œil très brillant et la poitrine orageuse, trop près peut-être de son voisin. Celui-ci devait avoir vu des choses bien drôles, car sa figure était sillonnée de rires subits qui la traversaient malgré lui.

---

1. *Pâmoisons* : abandons suscités par des sensations très agréables.

Mme Dufour prit son bras d'un air tendre, et l'on regagna les bateaux. Henri, qui marchait devant, toujours muet à côté de la jeune fille, crut distinguer tout à coup comme un gros baiser qu'on étouffait.

Enfin l'on revint à Bezons.

M. Dufour, dégrisé[1], s'impatientait. Le jeune homme aux cheveux jaunes mangeait un morceau avant de quitter l'auberge. La voiture était attelée dans la cour, et la grand-mère, déjà montée, se désolait parce qu'elle avait peur d'être prise[2] par la nuit dans la plaine, les environs de Paris n'étant pas sûrs.

On se donna des poignées de main, et la famille Dufour s'en alla. « Au revoir ! » criaient les canotiers. Un soupir et une larme leur répondirent.

Deux mois après, comme il passait rue des Martyrs, Henri lut sur une porte : *Dufour, quincaillier*.

Il entra.

La grosse dame s'arrondissait au comptoir. On se reconnut aussitôt, et, après mille politesses, il demanda des nouvelles. « Et Mlle Henriette, comment va-t-elle ?

– Très bien, merci, elle est mariée.

– Ah !... »

Une émotion l'étreignit ; il ajouta :

« Et... avec qui ?

– Mais avec le jeune homme qui nous accompagnait, vous savez bien ; c'est lui qui prend la suite.

– Oh ! parfaitement. »

Il s'en allait fort triste, sans trop savoir pourquoi. Mme Dufour le rappela.

« Et votre ami ? dit-elle timidement.

– Mais il va bien.

---

1. ***Dégrisé*** : remis des effets de l'alcool.
2. ***Prise*** : piégée.

Canaux et canotages

À l'heure des premiers loisirs, de frêles embarcations sillonnent les rivières et les voies d'eau un peu partout en France. Le canotage, ce nouveau sport dominical, devient un sujet de prédilection pour les peintres du mouvement – et du moment – que sont les impressionnistes.

Pierre Auguste Renoir, *Les Canotiers à Chatou*, 1879.

Claude Monet, *En canot sur l'Epte*, 1890.

▲ Édouard Manet,
En bateau, 1874.

▶ Gustave Caillebotte,
Les Périssoires, 1878.

Plaisirs des bords de l'eau

Dès le XVIIIe siècle, *Les Fêtes galantes* de Watteau explorent le symbolisme amoureux des cours d'eau. Un siècle et demi plus tard, une nouvelle sociabilité faite de déjeuners sur l'herbe, de guinguettes et de plaisirs du bain s'épanouit dans ces lieux. Réalistes et impressionnistes s'en emparent, tantôt avec crudité, comme Courbet, tantôt avec sensualité, comme Renoir. D'autres encore, tel Manet, en donnent une vision plus allégorique.

Antoine Watteau, *L'Embarquement pour Cythère*, 1718.

Pierre Auguste Renoir, *La Grenouillère*, 1869.

Gustave Courbet, *Les Demoiselles du bord de la Seine*, 1856-1857.

Édouard Manet, *Le Déjeuner sur l'herbe*, 1862.

Eugène Boudin, *La Plage de Trouville*, 1864-1865.

Pierre Auguste Renoir, *La Promenade*, 1870.

Sombres inspirations

Associées au thème nocturne, à la solitude ou à la poésie élémentaire de l'eau, les scènes de rivière nourrissent aussi d'inquiétantes mythologies dont les peintres préraphaélites (John Everett Millais) et symbolistes (Thomas Alexander Harrison et James Ensor) ont su exploiter les visions dramatiques.

John Everett Millais, *Ophélie*, 1852.

Félix Vallotton, *Le Clair de lune*, 1895.

Thomas Alexander Harrison, *Solitude*, 1893.

James Ensor, *Le Rameur*, 1884.

Partie de campagne, l'adaptation de Jean Renoir

En 1936, Jean Renoir, le fils du peintre Pierre Auguste Renoir, adapte « Une partie de campagne » au cinéma. Grâce à sa verve comique et à sa poésie sensuelle, son film constitue une lecture originale et des plus intelligentes de la nouvelle de Maupassant.

De droite à gauche : Mme Dufour (Jane Marken), sa fille Henriette (Sylvia Bataille) et les deux canotiers (Jacques Brunius et Georges d'Arnoux).

Henriette et son canotier, écoutant le rossignol.

Mme Dufour et le second canotier.

– Faites-lui nos compliments, n'est-ce pas ; et quand il passera, dites-lui donc de venir nous voir… »

Elle rougit fort, puis ajouta : « Ça me fera bien plaisir ; dites-lui.

– Je n'y manquerai pas. Adieu !

– Non… à bientôt ! »

L'année suivante, un dimanche qu'il faisait très chaud, tous les détails de cette aventure, que Henri n'avait jamais oubliée, lui revinrent subitement, si nets et si désirables, qu'il retourna tout seul à leur chambre dans le bois.

Il fut stupéfait en entrant. Elle était là, assise sur l'herbe, l'air triste, tandis qu'à son côté, toujours en manches de chemise, son mari, le jeune homme aux cheveux jaunes, dormait consciencieusement comme une brute.

Elle devint si pâle en voyant Henri qu'il crut qu'elle allait défaillir. Puis ils se mirent à causer naturellement, de même que si rien ne se fût passé entre eux.

Mais comme il lui racontait qu'il aimait beaucoup cet endroit et qu'il y venait souvent se reposer, le dimanche, en songeant à bien des souvenirs, elle le regarda longuement dans les yeux.

« Moi, j'y pense tous les soirs, dit-elle.

– Allons, ma bonne, reprit en bâillant son mari, je crois qu'il est temps de nous en aller. »

(1881)

Sur l'eau

J'avais loué, l'été dernier, une petite maison de campagne au bord de la Seine, à plusieurs lieues[1] de Paris, et j'allais y coucher tous les soirs. Je fis, au bout de quelques jours, la connaissance d'un de mes voisins, un homme de trente à quarante ans, qui était bien le type le plus curieux que j'eusse jamais vu. C'était un vieux canotier, mais un canotier enragé, toujours près de l'eau, toujours sur l'eau, toujours dans l'eau. Il devait être né dans un canot, et il mourra bien certainement dans le canotage final.

Un soir que nous nous promenions au bord de la Seine, je lui demandai de me raconter quelques anecdotes de sa vie nautique. Voilà immédiatement mon bonhomme qui s'anime, se transfigure, devient éloquent, presque poète. Il avait dans le cœur une grande passion, une passion dévorante, irrésistible : la rivière.

« Ah ! me dit-il, combien j'ai de souvenirs sur cette rivière que vous voyez couler là près de nous ! Vous autres, habitants des rues, vous ne savez pas ce qu'est la rivière. Mais écoutez un pêcheur prononcer ce mot. Pour lui, c'est la chose mystérieuse, profonde, inconnue, le pays des mirages et des fantasmagories[2], où l'on voit, la nuit, des choses qui ne sont pas, où l'on entend des bruits que l'on ne connaît point, où l'on tremble sans savoir pourquoi, comme en traversant un cimetière : et c'est en effet le plus sinistre des cimetières, celui où l'on n'a point de tombeau.

---

1. La ***lieue*** est une ancienne mesure de distance valant environ quatre kilomères.

2. ***Fantasmagories*** : visions enchanteresses et irréelles.

« La terre est bornée pour le pêcheur, et dans l'ombre, quand il n'y a pas de lune, la rivière est illimitée. Un marin n'éprouve point la même chose pour la mer. Elle est souvent dure et méchante, c'est vrai, mais elle crie, elle hurle, elle est loyale, la grande mer ; tandis que la rivière est silencieuse et perfide. Elle ne gronde pas, elle coule toujours sans bruit, et ce mouvement éternel de l'eau qui coule est plus effrayant pour moi que les hautes vagues de l'Océan.

« Des rêveurs prétendent que la mer cache dans son sein d'immenses pays bleuâtres, où les noyés roulent parmi les grands poissons, au milieu d'étranges forêts et dans des grottes de cristal. La rivière n'a que des profondeurs noires où l'on pourrit dans la vase. Elle est belle pourtant quand elle brille au soleil levant et qu'elle clapote doucement entre ses berges couvertes de roseaux qui murmurent.

« Le poète a dit en parlant de l'Océan :

Ô flots, que vous savez de lugubres histoires !
Flots profonds, redoutés des mères à genoux,
Vous vous les racontez en montant les marées
Et c'est ce qui vous fait ces voix désespérées
Que vous avez, le soir, quand vous venez vers nous[1].

« Eh bien, je crois que les histoires chuchotées par les roseaux minces avec leurs petites voix si douces doivent être encore plus sinistres que les drames lugubres racontés par les hurlements des vagues.

« Mais puisque vous me demandez quelques-uns de mes souvenirs, je vais vous dire une singulière aventure qui m'est arrivée ici, il y a une dizaine d'années.

« J'habitais comme aujourd'hui la maison de la mère Lafon, et un de mes meilleurs camarades, Louis Bernet, qui a maintenant

---

1. Ces cinq vers sont tirés d'*Oceano nox*, poème de Victor Hugo extrait du recueil *Les Rayons et les Ombres* (1830). Voir présentation, p. 24-25.

renoncé au canotage, à ses pompes[1] et à son débraillé[2] pour entrer au Conseil d'État, était installé au village de C...[3], deux lieues plus bas. Nous dînions tous les jours ensemble, tantôt chez lui, tantôt chez moi.

« Un soir, comme je revenais tout seul et assez fatigué, traînant péniblement mon gros bateau, un *océan* de douze pieds[4], dont je me servais toujours la nuit, je m'arrêtai quelques secondes pour reprendre haleine auprès de la pointe des roseaux, là-bas, deux cents mètres environ avant le pont du chemin de fer. Il faisait un temps magnifique ; la lune resplendissait, le fleuve brillait, l'air était calme et doux. Cette tranquillité me tenta ; je me dis qu'il ferait bien bon fumer une pipe en cet endroit. L'action suivit la pensée ; je saisis mon ancre et la jetai dans la rivière.

« Le canot, qui redescendait avec le courant, fila sa chaîne jusqu'au bout, puis s'arrêta ; et je m'assis à l'arrière sur ma peau de mouton, aussi commodément qu'il me fut possible. On n'entendait rien, rien : parfois seulement, je croyais saisir un petit clapotement presque insensible de l'eau contre la rive, et j'apercevais des groupes de roseaux plus élevés qui prenaient des figures surprenantes et semblaient par moments s'agiter.

« Le fleuve était parfaitement tranquille, mais je me sentis ému par le silence extraordinaire qui m'entourait. Toutes les bêtes, grenouilles et crapauds, ces chanteurs nocturnes des marécages, se taisaient. Soudain, à ma droite, contre moi, une grenouille coassa. Je tressaillis : elle se tut ; je n'entendis plus rien, et je résolus de fumer un peu pour me distraire. Cependant, quoique je

1. ***Pompes*** : splendeurs.
2. ***Débraillé*** : employé ici comme substantif, aspect négligé ou désordonné.
3. Cette initiale peut désigner soit le village de Chatou, soit celui de Croissy, tous deux situés en aval d'Argenteuil et fréquentés par les canotiers.
4. ***Douze pieds*** : environ 3,65 mètres.

fusse un culotteur[1] de pipes renommé, je ne pus pas ; dès la seconde bouffée, le cœur me tourna et je cessai. Je me mis à chantonner ; le son de ma voix m'était pénible ; alors, je m'étendis au fond du bateau et je regardai le ciel. Pendant quelque temps, je demeurai tranquille, mais bientôt les légers mouvements de la barque m'inquiétèrent. Il me sembla qu'elle faisait des embardées gigantesques, touchant tour à tour les deux berges du fleuve ; puis je crus qu'un être ou qu'une force invisible l'attirait doucement au fond de l'eau et la soulevait ensuite pour la laisser retomber. J'étais ballotté comme au milieu d'une tempête ; j'entendis des bruits autour de moi ; je me dressai d'un bond : l'eau brillait, tout était calme.

« Je compris que j'avais les nerfs un peu ébranlés et je résolus de m'en aller. Je tirai sur ma chaîne ; le canot se mit en mouvement, puis je sentis une résistance, je tirai plus fort, l'ancre ne vint pas ; elle avait accroché quelque chose au fond de l'eau et je ne pouvais la soulever ; je recommençai à tirer, mais inutilement. Alors, avec mes avirons, je fis tourner mon bateau et je le portai en amont[2] pour changer la position de l'ancre. Ce fut en vain, elle tenait toujours ; je fus pris de colère et je secouai la chaîne rageusement. Rien ne remua. Je m'assis découragé et je me mis à réfléchir sur ma position. Je ne pouvais songer à casser cette chaîne ni à la séparer de l'embarcation, car elle était énorme et rivée à l'avant dans un morceau de bois plus gros que mon bras ; mais comme le temps demeurait fort beau, je pensai que je ne tarderais point, sans doute, à rencontrer quelque pêcheur qui viendrait à mon secours. Ma mésaventure m'avait calmé ; je m'assis et je pus enfin fumer ma pipe. Je possédais une bouteille de rhum, j'en bus deux ou trois verres, et ma situation me fit rire.

1. ***Culotteur*** : amateur de pipes ; désigne celui qui est capable de couvrir l'intérieur du culot (c'est-à-dire son fond) de tabac de telle sorte que celui-ci dégage pleinement son arôme lors de la combustion.
2. ***En amont*** : dans la direction d'où vient le courant.

Il faisait très chaud, de sorte qu'à la rigueur je pouvais, sans grand mal, passer la nuit à la belle étoile.

« Soudain, un petit coup sonna contre mon bordage[1]. Je fis un soubresaut, et une sueur froide me glaça des pieds à la tête. Ce bruit venait sans doute de quelque bout de bois entraîné par le courant, mais cela avait suffi et je me sentis envahi de nouveau par une étrange agitation nerveuse. Je saisis ma chaîne et je me raidis dans un effort désespéré. L'ancre tint bon. Je me rassis épuisé.

« Cependant, la rivière s'était peu à peu couverte d'un brouillard blanc très épais qui rampait sur l'eau fort bas, de sorte que, en me dressant debout, je ne voyais plus le fleuve, ni mes pieds, ni mon bateau, mais j'apercevais seulement les pointes des roseaux, puis, plus loin, la plaine toute pâle de la lumière de la lune, avec de grandes taches noires qui montaient dans le ciel, formées par des groupes de peupliers d'Italie. J'étais comme enseveli jusqu'à la ceinture dans une nappe de coton d'une blancheur singulière, et il me venait des imaginations fantastiques. Je me figurais qu'on essayait de monter dans ma barque que je ne pouvais plus distinguer, et que la rivière, cachée par ce brouillard opaque, devait être pleine d'êtres étranges qui nageaient autour de moi. J'éprouvais un malaise horrible, j'avais les tempes serrées, mon cœur battait à m'étouffer ; et, perdant la tête, je pensai à me sauver à la nage ; puis aussitôt cette idée me fit frissonner d'épouvante. Je me vis, perdu, allant à l'aventure dans cette brume épaisse, me débattant au milieu des herbes et des roseaux que je ne pourrais éviter, râlant de peur, ne voyant pas la berge, ne retrouvant plus mon bateau, et il me semblait que je me sentirais tiré par les pieds tout au fond de cette eau noire.

« En effet, comme il m'eût fallu remonter le courant au moins pendant cinq cents mètres avant de trouver un point libre

---

1. ***Bordage*** : revêtement épais, fait de planches, qui protège l'armature du canot.

d'herbes et de joncs où je pusse prendre pied, il y avait pour moi neuf chances sur dix de ne pouvoir me diriger dans ce brouillard et de me noyer, quelque bon nageur que je fusse.

« J'essayai de me raisonner. Je me sentais la volonté bien ferme de ne point avoir peur, mais il y avait en moi autre chose que ma volonté, et cette autre chose avait peur. Je me demandai ce que je pouvais redouter ; mon *moi* brave railla mon *moi* poltron[1], et jamais aussi bien que ce jour-là je ne saisis l'opposition des deux êtres qui sont en nous, l'un voulant, l'autre résistant, et chacun l'emportant tour à tour.

« Cet effroi bête et inexplicable grandissait toujours et devenait de la terreur. Je demeurais immobile, les yeux ouverts, l'oreille tendue et attendant. Quoi ? Je n'en savais rien, mais ce devait être terrible. Je crois que si un poisson se fût avisé de sauter hors de l'eau, comme cela arrive souvent, il n'en aurait pas fallu davantage pour me faire tomber raide, sans connaissance.

« Cependant, par un effort violent, je finis par ressaisir à peu près ma raison qui m'échappait. Je pris de nouveau ma bouteille de rhum et je bus à grands traits.

« Alors une idée me vint et je me mis à crier de toutes mes forces en me tournant successivement vers les quatre points de l'horizon. Lorsque mon gosier fut absolument paralysé, j'écoutai. – Un chien hurlait, très loin.

« Je bus encore et je m'étendis tout de mon long au fond du bateau. Je restai ainsi peut-être une heure, peut-être deux, sans dormir, les yeux ouverts, avec des cauchemars autour de moi. Je n'osais pas me lever et pourtant je le désirais violemment ; je remettais de minute en minute. Je me disais : “Allons, debout !” et j'avais peur de faire un mouvement. À la fin, je me soulevai avec des précautions infinies, comme si ma vie eût dépendu du moindre bruit que j'aurais fait, et je regardai par-dessus le bord.

---

1. ***Poltron*** : peureux.

« Je fus ébloui par le plus merveilleux, le plus étonnant spectacle qu'il soit possible de voir. C'était une de ces fantasmagories du pays des fées, une de ces visions racontées par les voyageurs qui reviennent de très loin et que nous écoutons sans les croire.

« Le brouillard qui, deux heures auparavant, flottait sur l'eau, s'était peu à peu retiré et ramassé sur les rives. Laissant le fleuve absolument libre, il avait formé sur chaque berge une colline ininterrompue, haute de six ou sept mètres, qui brillait sous la lune avec l'éclat superbe des neiges. De sorte qu'on ne voyait rien autre chose que cette rivière lamée[1] de feu entre ces deux montagnes blanches ; et là-haut, sur ma tête, s'étalait, pleine et large, une grande lune illuminante au milieu d'un ciel bleuâtre et laiteux.

« Toutes les bêtes de l'eau s'étaient réveillées ; les grenouilles coassaient furieusement, tandis que, d'instant en instant, tantôt à droite, tantôt à gauche, j'entendais cette note courte, monotone et triste, que jette aux étoiles la voix cuivrée des crapauds. Chose étrange, je n'avais plus peur ; j'étais au milieu d'un paysage tellement extraordinaire que les singularités les plus fortes n'eussent pu m'étonner.

« Combien de temps cela dura-t-il, je n'en sais rien, car j'avais fini par m'assoupir. Quand je rouvris les yeux, la lune était couchée, le ciel plein de nuages. L'eau clapotait lugubrement, le vent soufflait, il faisait froid, l'obscurité était profonde.

« Je bus ce qui me restait de rhum, puis j'écoutai en grelottant le froissement des roseaux et le bruit sinistre de la rivière. Je cherchai à voir, mais je ne pus distinguer mon bateau, ni mes mains elles-mêmes, que j'approchais de mes yeux.

« Peu à peu, cependant, l'épaisseur du noir diminua. Soudain je crus sentir qu'une ombre glissait tout près de moi ; je poussai un cri, une voix répondit ; c'était un pêcheur. Je l'appelai, il s'approcha et je lui racontai ma mésaventure. Il mit alors son

1. ***Lamée*** : tissée avec des fils d'or ou d'argent.

bateau bord à bord avec le mien, et tous les deux nous tirâmes sur la chaîne. L'ancre ne remua pas. Le jour venait, sombre, gris, pluvieux, glacial, une de ces journées qui vous apportent des tristesses et des malheurs. J'aperçus une autre barque, nous la hélâmes[1]. L'homme qui la montait unit ses efforts aux nôtres ; alors, peu à peu, l'ancre céda. Elle montait, mais doucement, doucement, et chargée d'un poids considérable. Enfin nous aperçûmes une masse noire, et nous la tirâmes à mon bord :

« C'était le cadavre d'une vieille femme qui avait une grosse pierre au cou. »

(1881)[2]

---

1. ***La hélâmes*** : l'appelâmes.

2. Le récit a paru sous le titre « En canot » dans le *Bulletin français* du 10 mars 1876 avant d'être inséré dans le recueil *La Maison Tellier*, en 1881, avec le titre « Sur l'eau ».

Mouche

Souvenir d'un canotier

Il nous dit :

« En ai-je vu, de drôles de choses et de drôles de filles aux jours passés où je canotais. Que de fois j'ai eu envie d'écrire un petit livre, titré "Sur la Seine", pour raconter cette vie de force et d'insouciance, de gaieté et de pauvreté, de fête robuste et tapageuse[1] que j'ai menée de vingt à trente ans.

« J'étais un employé sans le sou : maintenant, je suis un homme arrivé qui peut jeter des grosses sommes pour un caprice d'une seconde. J'avais au cœur mille désirs modestes et irréalisables qui me doraient l'existence de toutes les attentes imaginaires. Aujourd'hui, je ne sais pas vraiment quelle fantaisie[2] me pourrait faire lever du fauteuil où je somnole. Comme c'était simple, et bon, et difficile de vivre ainsi, entre le bureau à Paris et la rivière à Argenteuil. Ma grande, ma seule, mon absorbante passion, pendant dix ans, ce fut la Seine. Ah ! la belle, calme, variée et puante rivière pleine de mirage et d'immondices. Je l'ai tant aimée, je crois, parce qu'elle m'a donné, me semble-t-il, le sens de la vie. Ah ! les promenades le long des berges fleuries, mes amies les grenouilles qui rêvaient, le ventre au frais, sur une feuille de nénuphar, et les lis d'eau coquets et frêles, au milieu des grandes herbes fines qui m'ouvraient soudain, derrière un saule, un feuillet d'album japonais[3] quand le martin-pêcheur fuyait devant moi comme une flamme bleue ! « Ai-je aimé tout

---

1. ***Tapageuse*** : scandaleuse, outrancière.

2. ***Fantaisie*** : caprice.

3. Les détails du paysage décrit ici sont typiques de l'esthétique des estampes japonaises qu'on imprime en série à l'époque d'Edo (1603-1868).

cela, d'un amour instinctif des yeux qui se répandait dans tout mon corps en une joie naturelle et profonde.

« Comme d'autres ont des souvenirs de nuits tendres, j'ai des souvenirs de levers de soleil dans les brumes matinales, flottantes, errantes vapeurs, blanches comme des mortes avant l'aurore, puis, au premier rayon glissant sur les prairies, illuminées de rose à ravir le cœur ; et j'ai des souvenirs de lune argentant l'eau frémissante et courante, d'une lueur qui faisait fleurir tous les rêves.

« Et tout cela, symbole de l'éternelle illusion, naissait pour moi sur de l'eau croupie qui charriait[1] vers la mer toutes les ordures de Paris.

« Puis quelle vie gaie avec les camarades. Nous étions cinq, une bande, aujourd'hui des hommes graves ; et comme nous étions tous pauvres, nous avions fondé, dans une affreuse gargote[2] d'Argenteuil, une colonie inexprimable qui ne possédait qu'une chambre-dortoir où j'ai passé les plus folles soirées, certes, de mon existence. Nous n'avions souci de rien que de nous amuser et de ramer, car l'aviron pour nous, sauf pour un, était un culte. Je me rappelle de si singulières aventures, de si invraisemblables farces, inventées par ces cinq chenapans, que personne aujourd'hui ne les pourrait croire. On ne vit plus ainsi, même sur la Seine, car la fantaisie enragée qui nous tenait en haleine est morte dans les âmes actuelles.

« À nous cinq, nous possédions un seul bateau, acheté à grand-peine et sur lequel nous avons ri comme nous ne rirons plus jamais. C'était une large yole[3] un peu lourde, mais solide, spacieuse et confortable. Je ne vous ferai point le portrait de mes camarades. Il y en avait un petit, très malin, surnommé Petit Bleu ; un grand, à l'air sauvage, avec des yeux gris et des cheveux

---

1. ***Charriait*** : entraînait.
2. ***Gargote*** : petit restaurant bon marché.
3. ***Yole*** : canot léger équipé de rames.

noirs, surnommé Tomahawk ; un autre, spirituel et paresseux, surnommé La Tôque, le seul qui ne touchât jamais une rame sous prétexte qu'il ferait chavirer le bateau ; un mince, élégant, très soigné, surnommé N'a-qu'un-Œil en souvenir d'un roman alors récent de Cladel[1], et parce qu'il portait un monocle ; enfin moi qu'on avait baptisé Joseph Prunier[2]. Nous vivions en parfaite intelligence avec le seul regret de n'avoir pas une barreuse[3]. Une femme, c'est indispensable dans un canot. Indispensable parce que ça tient l'esprit et le cœur en éveil, parce que ça anime, ça amuse, ça distrait, ça pimente et ça fait décor avec une ombrelle rouge glissant sur les berges vertes. Mais il ne nous fallait pas une barreuse ordinaire, à nous cinq qui ne ressemblions guère à tout le monde. Il nous fallait quelque chose d'imprévu, de drôle, de prêt à tout, de presque introuvable, enfin. Nous en avions essayé beaucoup sans succès, des filles de barre, pas des barreuses, canotières imbéciles qui préféraient toujours le petit vin qui grise[4] à l'eau qui coule et qui porte les yoles. On les gardait un dimanche, puis on les congédiait avec dégoût.

« Or, voilà qu'un samedi soir N'a-qu'un-Œil nous amena une petite créature fluette[5], vive, sautillante, blagueuse et pleine de drôlerie, de cette drôlerie qui tient lieu d'esprit aux titis[6] mâles et femelles éclos sur le pavé de Paris. Elle était gentille, pas jolie, une ébauche de femme où il y avait de tout, une de ces silhouettes que les dessinateurs crayonnent en trois traits sur une nappe de café après dîner entre un verre d'eau-de-vie et une cigarette. La nature en fait quelquefois comme ça.

---

1. ***Léon Cladel*** (1835-1892) : romancier et nouvelliste français.
2. ***Joseph Prunier*** est un des pseudonymes de Guy de Maupassant ; le texte est donc autobiographique.
3. ***Barreuse*** : celle qui tient la barre du gouvernail.
4. ***Grise*** : rend ivre.
5. ***Fluette*** : mince, fragile.
6. ***Titis*** : gamins de Paris, bavards et délurés, souvent impertinents et moqueurs.

« Le premier soir, elle nous étonna, nous amusa, et nous laissa sans opinion tant elle était inattendue. Tombée dans ce nid d'hommes prêts à toutes les folies, elle fut bien vite maîtresse de la situation, et dès le lendemain elle nous avait conquis.

« Elle était d'ailleurs tout à fait toquée[1], née avec un verre d'absinthe[2] dans le ventre, que sa mère avait dû boire au moment d'accoucher, et elle ne s'était jamais dégrisée[3] depuis, car sa nourrice[4], disait-elle, se refaisait le sang à coups de tafia[5] ; et elle-même n'appelait jamais autrement que "ma sainte famille" toutes les bouteilles alignées derrière le comptoir des marchands de vin.

« Je ne sais lequel de nous la baptisa Mouche ni pourquoi ce nom lui fut donné, mais il lui allait bien, et lui resta. Et notre yole, qui s'appelait *Feuille-à-l'Envers*, fit flotter chaque semaine sur la Seine, entre Asnières et Maisons-Laffitte, cinq gars, joyeux et robustes, gouvernés, sous un parasol de papier peint, par une vive et écervelée personne qui nous traitait comme des esclaves chargés de la promener sur l'eau, et que nous aimions beaucoup.

« Nous l'aimions tous beaucoup, pour mille raisons d'abord, pour une seule ensuite. Elle était, à l'arrière de notre embarcation, une espèce de petit moulin à paroles, jacassant au vent qui filait sur l'eau. Elle bavardait sans fin avec le léger bruit continu de ces mécaniques ailées qui tournent dans la brise ; et elle disait étourdiment les choses les plus inattendues, les plus cocasses, les plus stupéfiantes. Il y avait dans cet esprit, dont toutes les parties semblaient disparates à la façon de loques[6] de toute nature et de toute couleur, non pas cousues ensemble mais seulement faufi-

1. ***Toquée*** : dérangée, un peu folle (familier).
2. ***Absinthe*** : alcool de couleur verte, très fort et très en vogue à la fin du XIXe siècle, extrait de la plante du même nom.
3. ***Dégrisée*** : remise des effets de l'alcool.
4. ***Nourrice*** : celle qui l'avait nourrie de son lait.
5. ***Tafia*** : liqueur provenant de la distillation de la canne à sucre.
6. ***Loques*** : chiffons, morceaux d'étoffes usés et déchirés.

lées[1], de la fantaisie comme dans un conte de fées, de la gauloiserie[2], de l'impudeur, de l'impudence[3], de l'imprévu, du comique, et de l'air, de l'air et du paysage comme dans un voyage en ballon.

« On lui posait des questions pour provoquer des réponses trouvées on ne sait où. Celle dont on la harcelait le plus souvent était celle-ci :

« "Pourquoi t'appelle-t-on Mouche ?"

« Elle découvrait des raisons tellement invraisemblables que nous cessions de nager pour en rire.

« Elle nous plaisait aussi, comme femme ; et La Tôque, qui ne ramait jamais et qui demeurait tout le long des jours assis à côté d'elle au fauteuil de barre, répondit une fois à la demande ordinaire : "Pourquoi t'appelle-t-on Mouche ?

« – Parce que c'est une petite cantharide[4]. "

« Oui, une petite cantharide bourdonnante et enfiévrante, non pas la classique cantharide empoisonneuse, brillante et mantelée[5], mais une petite cantharide aux ailes rousses qui commençait à troubler étrangement l'équipage entier de la *Feuille-à-l'Envers*.

« Que de plaisanteries stupides, encore, sur cette feuille où s'était arrêtée cette Mouche.

« N'a-qu'un-Œil, depuis l'arrivée de Mouche dans le bateau, avait pris au milieu de nous un rôle prépondérant, supérieur, le rôle d'un monsieur qui a une femme à côté de quatre autres qui n'en ont pas. Il abusait de ce privilège au point de nous exaspérer

---

1. ***Faufilées*** : maintenues en place par des points grossiers (comme on le fait en couture avant d'assembler des pièces de façon définitive).
2. ***Gauloiserie*** : goût pour les plaisanteries osées.
3. ***Impudence*** : effronterie.
4. ***Cantharide*** : insecte de couleur vert doré et d'aspect brillant, réputé pour ses vertus aphrodisiaques.
5. ***Mantelée*** : terme zoologique employé pour un animal dont le dos n'est pas de la même couleur que le reste du corps.

parfois en embrassant Mouche devant nous, en l'asseyant sur ses genoux à la fin des repas et par beaucoup d'autres prérogatives[1] humiliantes autant qu'irritantes.

« On les avait isolés dans le dortoir par un rideau.

« Mais je m'aperçus bientôt que mes compagnons et moi devions faire au fond de nos cerveaux de solitaires le même raisonnement : "Pourquoi, en vertu de quelle loi d'exception, de quel principe inacceptable, Mouche, qui ne paraissait gênée par aucun préjugé, serait-elle fidèle à son amant, alors que les femmes du meilleur monde ne le sont pas à leurs maris ?"

« Notre réflexion était juste. Nous en fûmes bientôt convaincus. Nous aurions dû seulement la faire plus tôt pour n'avoir pas à regretter le temps perdu. Mouche trompa N'a-qu'un-Œil avec tous les autres matelots de la *Feuille-à-l'Envers*.

« Elle le trompa sans difficulté, sans résistance, à la prière de chacun de nous.

« Mon Dieu, les gens pudiques vont s'indigner beaucoup ! Pourquoi ? Quelle est la courtisane en vogue qui n'a pas une douzaine d'amants, et quel est celui de ces amants assez bête pour l'ignorer ? La mode n'est-elle pas d'avoir un soir chez une femme célèbre et cotée[2], comme on a un soir à l'Opéra, au Français ou à l'Odéon[3], depuis qu'on y joue les demi-classiques[4] ? On se met à dix pour entretenir une cocotte[5] qui fait de son temps une distribution difficile, comme on se met à dix pour posséder un cheval de course que monte seulement un jockey, véritable image de l'amant de cœur.

« On laissait par délicatesse Mouche à N'a-qu'un-Œil, du samedi soir au lundi matin. Les jours de navigation étaient à lui.

---

1. ***Prérogatives*** : avantages exclusifs.
2. ***Cotée*** : appréciée, estimée d'un grand nombre ; en vogue.
3. ***Au Français ou à l'Odéon*** : à la Comédie-Française ou au théâtre de l'Odéon, à Paris.
4. ***Demi-classiques*** : textes en passe d'être inscrits au répertoire classique.
5. ***Cocotte*** : femme aux mœurs légères et richement entretenue.

Nous ne le trompions qu'en semaine, à Paris, loin de la Seine, ce qui, pour des canotiers comme nous, n'était presque plus tromper.

« La situation avait ceci de particulier que les quatre maraudeurs[1] des faveurs de Mouche n'ignoraient point ce partage, qu'ils en parlaient entre eux, et même avec elle, par allusions voilées qui la faisaient beaucoup rire. Seul, N'a-qu'un-Œil semblait tout ignorer ; et cette position spéciale faisait naître une gêne entre lui et nous, paraissait le mettre à l'écart, l'isoler, élever une barrière à travers notre ancienne confiance et notre ancienne intimité. Cela lui donnait pour nous un rôle difficile, un peu ridicule, un rôle d'amant trompé, presque de mari.

« Comme il était fort intelligent, doué d'un esprit spécial de pince-sans-rire, nous nous demandions quelquefois, avec une certaine inquiétude, s'il ne se doutait de rien.

« Il eut soin de nous renseigner, d'une façon pénible pour nous. On allait déjeuner à Bougival, et nous ramions avec vigueur, quand La Tôque, qui avait ce matin-là une allure triomphante d'homme satisfait et qui, assis côte à côte avec la barreuse, semblait se serrer contre elle un peu trop librement à notre avis, arrêta la nage[2] en criant "Stop !"

« Les huit avirons sortirent de l'eau.

« Alors, se tournant vers sa voisine, il demanda :

« "Pourquoi t'appelle-t-on Mouche ?"

« Avant qu'elle eût pu répondre, la voix de N'a-qu'un-Œil, assis à l'avant, articula d'un ton sec :

« "Parce qu'elle se pose sur toutes les charognes."

« Il y eut d'abord un grand silence, une gêne, que suivit une envie de rire. Mouche elle-même demeurait interdite[3].

---

1. ***Maraudeurs*** : voleurs, chapardeurs.

2. ***Nage*** : ensemble des mouvements imprimés aux rames pour faire avancer une embarcation.

3. ***Interdite*** : paralysée par le trouble.

« Alors, La Tôque commanda :

« "Avant partout."

« Le bateau se remit en route.

« L'incident était clos, la lumière faite.

« Cette petite aventure ne changea rien à nos habitudes. Elle rétablit seulement la cordialité entre N'a-qu'un-Œil et nous. Il redevint le propriétaire honoré de Mouche, du samedi soir au lundi matin, sa supériorité sur nous ayant été bien établie par cette définition, qui clôtura d'ailleurs l'ère des questions sur le mot "Mouche". Nous nous contentâmes à l'avenir du rôle secondaire d'amis reconnaissants et attentionnés qui profitaient discrètement des jours de la semaine sans contestation d'aucune sorte entre nous.

« Cela marcha très bien pendant trois mois environ. Mais voilà que tout à coup Mouche prit, vis-à-vis de nous tous, des attitudes bizarres. Elle était moins gaie, nerveuse, inquiète, presque irritable. On lui demandait sans cesse :

« "Qu'est-ce que tu as ?"

« Elle répondait :

« "Rien. Laisse-moi tranquille."

« La révélation nous fut faite par N'a-qu'un-Œil, un samedi soir. Nous venions de nous mettre à table dans la petite salle à manger que notre gargotier[1] Barbichon nous réservait dans sa guinguette, et, le potage fini, on attendait la friture quand notre ami, qui paraissait aussi soucieux, prit d'abord la main de Mouche et ensuite parla :

« "Mes chers camarades, dit-il, j'ai une communication des plus graves à vous faire et qui va peut-être amener de longues discussions. Nous aurons le temps d'ailleurs de raisonner entre les plats.

« "Cette pauvre Mouche m'a annoncé une désastreuse nouvelle dont elle m'a chargé en même temps de vous faire part.

---

1. ***Gargotier*** : tenancier d'une gargote (voir note 2, p. 76).

« “Elle est enceinte.

« “Je n’ajoute que deux mots :

« “Ce n’est pas le moment de l’abandonner et la recherche de la paternité est interdite.”

« Il y eut d’abord de la stupeur, la sensation d’un désastre : et nous nous regardions les uns les autres avec l’envie d’accuser quelqu’un. Mais lequel ? Ah ! lequel ? Jamais je n’avais senti comme en ce moment la perfidie de cette cruelle farce de la nature qui ne permet jamais à un homme de savoir d’une façon certaine s’il est le père de son enfant.

« Puis peu à peu une espèce de consolation nous vint et nous réconforta, née au contraire d’un sentiment confus de solidarité.

« Tomahawk, qui ne parlait guère, formula ce début de rassérénement[1] par ces mots :

« “Ma foi, tant pis, l’union fait la force.”

« Les goujons[2] entraient apportés par un marmiton[3]. On ne se jetait pas dessus, comme toujours, car on avait tout de même l’esprit troublé.

« N’a-qu’un-Œil reprit :

« “Elle a eu, en cette circonstance, la délicatesse de me faire des aveux complets. Mes amis, nous sommes tous également coupables. Donnons-nous la main et adoptons l’enfant.”

« La décision fut prise à l’unanimité. On leva les bras vers le plat de poissons frits et on jura.

« “Nous l’adoptons.”

« Alors, sauvée tout d’un coup, délivrée du poids horrible d’inquiétude qui torturait depuis un mois cette gentille et détraquée pauvresse de l’amour, Mouche s’écria :

« “Oh ! mes amis ! mes amis ! Vous êtes de braves cœurs… de braves cœurs… de braves cœurs… Merci tous !” Et elle pleura, pour la première fois, devant nous.

1. ***Rassérénement*** : retour à la sérénité.

2. ***Goujons*** : poissons de petite taille que l’on mange en friture.

3. ***Marmiton*** : aide-cuisinier.

« Désormais on parla de l'enfant dans le bateau comme s'il était né déjà, et chacun de nous s'intéressait, avec une sollicitude de participation exagérée, au développement lent et régulier de la taille de notre barreuse.

« On cessait de ramer pour demander :

« "Mouche ?"

« Elle répondait :

« "Présente.

« – Garçon ou fille ?

« – Garçon.

« – Que deviendra-t-il ?"

« Alors elle donnait essor à son imagination de la façon la plus fantastique. C'étaient des récits interminables, des inventions stupéfiantes, depuis le jour de la naissance jusqu'au triomphe définitif. Il fut tout, cet enfant, dans le rêve naïf, passionné et attendrissant de cette extraordinaire petite créature, qui vivait maintenant, chaste, entre nous cinq, qu'elle appelait ses "cinq papas". Elle le vit et le raconta marin, découvrant un nouveau monde plus grand que l'Amérique, général rendant à la France l'Alsace et la Lorraine[1], puis empereur et fondant une dynastie de souverains généreux et sages qui donnaient à notre patrie le bonheur définitif, puis savant dévoilant d'abord le secret de la fabrication de l'or, ensuite celui de la vie éternelle, puis aéronaute inventant le moyen d'aller visiter les astres et faisant du ciel infini une immense promenade pour les hommes, réalisation de tous les songes les plus imprévus et les plus magnifiques.

« Dieu, fut-elle gentille et amusante, la pauvre petite, jusqu'à la fin de l'été !

« Ce fut le vingt septembre que creva son rêve. Nous revenions de déjeuner à Maisons-Laffitte et nous passions devant

---

1. L'Alsace et la Lorraine forment le territoire annexé par l'Empire allemand en 1871 à la suite de la défaite française de Sedan, lors de la guerre franco-prussienne de 1870.

Saint-Germain, quand elle eut soif et nous demanda de nous arrêter au Pecq.

« Depuis quelque temps, elle devenait lourde, et cela l'ennuyait beaucoup. Elle ne pouvait plus gambader comme autrefois, ni bondir du bateau sur la berge, ainsi qu'elle avait coutume de faire. Elle essayait encore, malgré nos cris et nos efforts ; et vingt fois, sans nos bras tendus pour la saisir, elle serait tombée.

« Ce jour-là, elle eut l'imprudence de vouloir débarquer avant que le bateau fût arrêté, par une de ces bravades[1] où se tuent parfois les athlètes malades ou fatigués.

« Juste au moment où nous allions accoster, sans qu'on pût prévoir ou prévenir son mouvement, elle se dressa, prit son élan et essaya de sauter sur le quai.

« Trop faible, elle ne toucha que du bout du pied le bord de la pierre, glissa, heurta de tout son ventre l'angle aigu, poussa un grand cri et disparut dans l'eau.

« Nous plongeâmes tous les cinq en même temps pour ramener un pauvre être défaillant, pâle comme une morte et qui souffrait déjà d'atroces douleurs.

« Il fallut la porter bien vite dans l'auberge la plus voisine, où un médecin fut appelé.

« Pendant dix heures que dura la fausse couche elle supporta avec un courage d'héroïne d'abominables tortures. Nous nous désolions autour d'elle, enfiévrés d'angoisse et de peur.

« Puis on la délivra d'un enfant mort ; et pendant quelques jours encore nous eûmes pour sa vie les plus grandes craintes.

« Le docteur, enfin, nous dit un matin : "Je crois qu'elle est sauvée. Elle est en acier, cette fille." Et nous entrâmes ensemble dans sa chambre, le cœur radieux.

« N'a-qu'un-Œil parlant pour tous, lui dit :

1. ***Bravades*** : actes de courage ostentatoires, destinés à être remarqués.

« “Plus de danger, petite Mouche, nous sommes bien contents.”

« Alors, pour la seconde fois, elle pleura devant nous, et, les yeux sous une glace de larmes, elle balbutia :

« “Oh ! si vous saviez, si vous saviez… quel chagrin… quel chagrin… je ne me consolerai jamais.

« – De quoi donc, petite Mouche ?

« – De l’avoir tué, car je l’ai tué ! oh ! sans le vouloir ! quel chagrin !…”

« Elle sanglotait. Nous l’entourions, émus, ne sachant quoi lui dire.

« Elle reprit :

« “Vous l’avez vu, vous ?”

« Nous répondîmes, d’une seule voix :

« “Oui.

« – C’était un garçon, n’est-ce pas ?

« – Oui.

« – Beau, n’est-ce pas ?”

« On hésita beaucoup. Petit Bleu, le moins scrupuleux, se décida à affirmer :

« “Très beau.”

« Il eut tort, car elle se mit à gémir, presque à hurler de désespoir.

« Alors, N’a-qu’un-Œil, qui l’aimait peut-être le plus, eut pour la calmer une invention géniale, et baisant ses yeux ternis par les pleurs :

« “Console-toi, petite Mouche, console-toi, nous t’en ferons un autre.”

« Le sens comique qu’elle avait dans les moelles se réveilla tout à coup, et à moitié convaincue, à moitié gouailleuse[1], toute larmoyante encore et le cœur crispé de peine, elle demanda, en nous regardant tous :

1. ***Gouailleuse*** : insolente et moqueuse, avec un soupçon de vulgarité.

« “Bien vrai ?”
« Et nous répondîmes ensemble :
« “Bien vrai.” »

(1890)

La Roche aux Guillemots

Voici la saison des guillemots.

D'avril à la fin de mai, avant que les baigneurs parisiens arrivent, on voit paraître soudain, sur la petite plage d'Étretat, quelques vieux messieurs bottés, sanglés en des vestes de chasse. Ils passent quatre ou cinq jours à l'hôtel Hauville, disparaissent, reviennent trois semaines plus tard ; puis, après un nouveau séjour, s'en vont définitivement.

On les revoit au printemps suivant.

Ce sont les derniers chasseurs de guillemots, ceux qui restent des anciens ; car ils étaient une vingtaine de fanatiques, il y a trente ou quarante ans ; ils ne sont plus que quelques enragés tireurs.

Le guillemot est un oiseau voyageur fort rare, dont les habitudes sont étranges. Il habite presque toute l'année les parages de Terre-Neuve, des îles Saint-Pierre-et-Miquelon ; mais, au moment des amours, une bande d'émigrants traverse l'Océan, et, tous les ans, vient pondre et couver au même endroit ; à la roche dite aux *Guillemots* près d'Étretat. On n'en trouve que là, rien que là. Ils y sont toujours venus, on les a toujours chassés, et ils reviennent encore ; ils reviendront toujours. Sitôt les petits élevés, ils repartent, disparaissent pour un an.

Pourquoi ne vont-ils jamais ailleurs, ne choisissent-ils aucun autre point de cette longue falaise blanche et sans cesse pareille qui court du Pas-de-Calais au Havre ? Quelle force, quel instinct invincible, quelle habitude séculaire[1] poussent ces oiseaux à

1. ***Séculaire*** : qui existe depuis des siècles.

revenir en ce lieu ? Quelle première émigration, quelle tempête peut-être a jadis jeté leurs pères sur cette roche ? Et pourquoi les fils, les petits-fils, tous les descendants des premiers y sont-ils toujours retournés ?

Ils ne sont pas nombreux : une centaine au plus, comme si une seule famille avait cette tradition, accomplissait ce pèlerinage annuel.

Et chaque printemps, dès que la petite tribu voyageuse s'est réinstallée sur sa roche, les mêmes chasseurs aussi reparaissent dans le village. On les a connus jeunes autrefois ; ils sont vieux aujourd'hui, mais fidèles au rendez-vous régulier qu'ils se sont donné depuis trente ou quarante ans.

Pour rien au monde, ils n'y manqueraient.

C'était par un soir d'avril de l'une des dernières années. Trois des anciens tireurs de guillemots venaient d'arriver ; un d'eux manquait, M. d'Arnelles.

Il n'avait écrit à personne, n'avait donné aucune nouvelle ! Pourtant il n'était point mort, comme tant d'autres ; on l'aurait su. Enfin, las d'attendre, les premiers venus se mirent à table ; et le dîner touchait à sa fin, quand une voiture roula dans la cour de l'hôtellerie ; et bientôt le retardataire entra.

Il s'assit, joyeux, se frottant les mains, mangea de grand appétit, et, comme un de ses compagnons s'étonnait qu'il fût en redingote, il répondit tranquillement :

« Oui, je n'ai pas eu le temps de me changer. »

On se coucha en sortant de table, car, pour surprendre les oiseaux, il faut partir bien avant le jour.

Rien de joli comme cette chasse, comme cette promenade matinale.

Dès trois heures du matin, les matelots réveillent les chasseurs en jetant du sable dans les vitres. En quelques minutes on est prêt et on descend sur le perret[1]. Bien que le crépuscule ne

1. ***Perret*** : partie du rivage recouverte de pierres ou de galets.

se montre point encore, les étoiles sont un peu pâlies ; la mer fait grincer les galets ; la brise est si fraîche qu'on frissonne un peu, malgré les gros habits.

Bientôt les deux barques poussées par les hommes, dévalent brusquement sur la pente de cailloux ronds, avec un bruit de toile qu'on déchire ; puis elles se balancent sur les premières vagues. La voile brune monte au mât, se gonfle un peu, palpite, hésite et, bombée de nouveau, ronde comme un ventre, emporte les coques goudronnées vers la grande porte d'Aval[1] qu'on distingue vaguement dans l'ombre.

Le ciel s'éclaircit ; les ténèbres semblent fondre ; la côte paraît voilée encore, la grande côte blanche, droite comme une muraille.

On franchit la Manneporte, voûte énorme où passerait un navire ; on double la pointe de la Courtine ; voici le val d'Antifer, le cap du même nom ; et soudain on aperçoit une plage où des centaines de mouettes sont posées. Voici la roche aux Guillemots.

C'est tout simplement une petite bosse de la falaise ; et, sur les étroites corniches du roc, des têtes d'oiseaux se montrent, qui regardent les barques.

Ils sont là, immobiles, attendant, ne se risquant point à partir encore. Quelques-uns, piqués sur des rebords avancés, ont l'air assis sur leurs derrières, dressés en forme de bouteille, car ils ont des pattes si courtes qu'ils semblent, quand ils marchent, glisser comme des bêtes à roulettes ; et, pour s'envoler, ne pouvant prendre d'élan, il leur faut se laisser tomber comme des pierres, presque jusqu'aux hommes qui les guettent.

Ils connaissent leur infirmité et le danger qu'elle leur crée, et ne se décident pas à vite s'enfuir.

---

1. La ***porte d'Aval*** et la ***Manneporte*** (un peu plus loin dans le texte) sont deux ouvertures naturelles, creusées dans la roche des falaises d'Étretat.

Mais les matelots se mettent à crier, battent leurs bordages[1] avec les tolets[2] de bois, et les oiseaux, pris de peur, s'élancent un à un, dans le vide, précipités jusqu'au ras de la vague ; puis, les ailes battant à coups rapides, ils filent, filent et gagnent le large, quand une grêle de plombs ne les jette pas à l'eau.

Pendant une heure on les mitraille ainsi, les forçant à déguerpir l'un après l'autre ; et quelquefois les femelles au nid, acharnées à couver, ne s'en vont point, et reçoivent coup sur coup les décharges qui font jaillir sur la roche blanche des gouttelettes de sang rose, tandis que la bête expire sans avoir quitté ses œufs.

Le premier jour, M. d'Arnelles chassa avec son entrain habituel ; mais, quand on repartit vers dix heures, sous le haut soleil radieux, qui jetait de grands triangles de lumière dans les échancrures blanches de la côte, il se montra un peu soucieux, rêvant parfois, contre son habitude.

Dès qu'on fut de retour au pays, une sorte de domestique en noir vint lui parler bas. Il sembla réfléchir, hésiter, puis il répondit : « Non, demain. »

Et, le lendemain, la chasse recommença. M. d'Arnelles, cette fois, manqua souvent les bêtes, qui pourtant se laissaient choir presque au bout du canon de fusil ; et ses amis, riant, lui demandaient s'il était amoureux, si quelque trouble secret lui remuait le cœur et l'esprit.

À la fin, il en convint :

« Oui, vraiment, il faut que je parte tantôt, et cela me contrarie.

– Comment, vous partez ? Et pourquoi ?

– Oh ! j'ai une affaire qui m'appelle, je ne puis rester plus longtemps. »

---

1. ***Bordages*** : revêtements épais, fait de planches, qui protègent l'armature du canot.

2. ***Tolets*** : tiges de bois ou de fer enfoncées sur le bord d'une embarcation pour servir de support aux avirons.

Puis on parla d'autre chose.

Dès que le déjeuner fut terminé, le valet en noir reparut. M. d'Arnelles ordonna d'atteler ; et l'homme allait sortir quand les trois autres chasseurs intervinrent, insistèrent, priant et sollicitant pour retenir leur ami. L'un d'eux, à la fin, demanda :

« Mais, voyons, elle n'est pas si grave, cette affaire, puisque vous avez bien attendu déjà deux jours ! »

Le chasseur, tout à fait perplexe, réfléchissait, visiblement combattu, tiré par le plaisir et une obligation, malheureux et troublé.

Après une longue méditation, il murmura, hésitant !

« C'est que… c'est que… je ne suis pas seul ici ; j'ai mon gendre. »

Ce furent des cris et des exclamations :

« Votre gendre ?… mais où est-il ? »

Alors, tout à coup, il sembla confus, et rougit.

« Comment ! vous ne savez pas ?… Mais… mais… il est sous la remise. Il est mort. »

Un silence de stupéfaction régna.

M. d'Arnelles reprit, de plus en plus troublé :

« J'ai eu le malheur de le perdre ; et, comme je conduisais le corps chez moi, à Briseville, j'ai fait un petit détour pour ne pas manquer notre rendez-vous. Mais vous comprenez que je ne puis m'attarder plus longtemps. »

Alors, un des chasseurs, plus hardi :

« Cependant… puisqu'il est mort… il me semble… qu'il peut bien attendre un jour de plus. »

Les deux autres n'hésitèrent plus :

« C'est incontestable », dirent-ils.

M. d'Arnelles semblait soulagé d'un grand poids ; encore un peu inquiet pourtant, il demanda :

« Mais là… franchement… vous trouvez ?… »

Les trois autres, comme un seul homme, répondirent :

« Parbleu ! mon cher, deux jours de plus ou de moins n'y feront rien dans son état. »

Alors, tout à fait tranquille, le beau-père se retourna vers le croque-mort :

« Eh bien ! mon ami, ce sera pour après-demain. »

(1882)

La Femme de Paul

Le restaurant Grillon, ce phalanstère[1] des canotiers, se vidait lentement. C'était, devant la porte, un tumulte de cris, d'appels ; et les grands gaillards en maillot blanc gesticulaient avec des avirons sur l'épaule.

Les femmes, en claire toilette de printemps, embarquaient avec précaution dans leurs yoles[2], et, s'asseyant à la barre, disposaient leurs robes, tandis que le maître de l'établissement, un fort garçon à barbe rousse, d'une vigueur célèbre, donnait la main aux belles petites en maintenant d'aplomb les frêles embarcations.

Les rameurs prenaient place à leur tour, bras nus et la poitrine bombée, posant[3] pour la galerie, une galerie composée de bourgeois endimanchés, d'ouvriers et de soldats accoudés sur la balustrade du pont et très attentifs à ce spectacle.

Les bateaux, un à un, se détachaient du ponton. Les tireurs se penchaient en avant, puis se renversaient d'un mouvement régulier ; et, sous l'impulsion des longues rames recourbées, les yoles rapides glissaient sur la rivière, s'éloignaient, diminuaient, disparaissaient enfin sous l'autre pont, celui du chemin de fer, en descendant vers la Grenouillère.

Un couple seul était resté. Le jeune homme, presque imberbe[4] encore, mince, le visage pâle, tenait par la taille sa

---

1. ***Phalanstère*** : société idéale et communautaire imaginée par le philosophe socialiste Charles Fourier (1772-1837).
2. ***Yoles*** : canots légers.
3. ***Posant*** : se pavanant pour exhiber leur force physique.
4. ***Imberbe*** : sans barbe.

maîtresse, une petite brune maigre avec des allures de sauterelle ; et ils se regardaient parfois au fond des yeux.

Le patron cria : « Allons, monsieur Paul, dépêchez-vous. » Et ils s'approchèrent.

De tous les clients de la maison, M. Paul était le plus aimé et le plus respecté. Il payait bien et régulièrement, tandis que les autres se faisaient longtemps tirer l'oreille, à moins qu'ils ne disparussent, insolvables[1]. Puis il constituait pour l'établissement une sorte de réclame[2] vivante car son père était sénateur. Et quand un étranger demandait : « Qui est-ce donc ce petit-là, qui en tient si fort pour sa donzelle[3] ? » quelque habitué répondait à mi-voix, d'un air important et mystérieux : « C'est Paul Baron, vous savez ? le fils du sénateur. » Et l'autre, invariablement, ne pouvait s'empêcher de dire : « Le pauvre diable ! il n'est pas à moitié pincé[4]. »

La mère Grillon, une brave femme, entendue au commerce, appelait le jeune homme et sa compagne : « ses deux tourtereaux », et semblait tout attendrie par cet amour avantageux pour sa maison.

Le couple s'en venait à petits pas ; la yole *Madeleine* était prête ; mais, au moment de monter dedans, ils s'embrassèrent, ce qui fit rire le public amassé sur le pont. Et M. Paul, prenant ses rames, partit aussi pour la Grenouillère.

Quand ils arrivèrent, il allait être trois heures, et le grand café flottant regorgeait de monde.

L'immense radeau, couvert d'un toit goudronné que supportent des colonnes de bois, est relié à l'île charmante de Croissy par deux passerelles dont l'une pénètre au milieu de cet

---

1. ***Insolvables*** : qui ne peuvent faire face à leurs dettes.
2. ***Réclame*** : publicité, promotion.
3. ***Donzelle*** : jeune fille, peut avoir une nuance péjorative et désigner une femme de mœurs légères.
4. ***Pincé*** : amoureux, épris (argot).

établissement aquatique, tandis que l'autre en fait communiquer l'extrémité avec un îlot minuscule planté d'un arbre et surnommé le « Pot-à-Fleurs », et, de là, gagne la terre auprès du bureau des bains[1].

M. Paul attacha son embarcation le long de l'établissement, il escalada la balustrade du café, puis, prenant les mains de sa maîtresse, il l'enleva, et tous deux s'assirent au bout d'une table, face à face.

De l'autre côté du fleuve, sur le chemin de halage[2], une longue file d'équipages s'alignait. Les fiacres alternaient avec de fines voitures de gommeux[3] : les uns lourds, au ventre énorme écrasant les ressorts, attelés d'une rosse[4] au cou tombant, aux genoux cassés ; les autres sveltes, élancées sur des roues minces, avec des chevaux aux jambes grêles[5] et tendues, au cou dressé, au mors neigeux d'écume, tandis que le cocher, gourmé[6] dans sa livrée, la tête raide en son grand col, demeurait les reins inflexibles et le fouet sur un genou.

La berge était couverte de gens qui s'en venaient par familles, ou par bandes, ou deux par deux, ou solitaires. Ils arrachaient des brins d'herbe, descendaient jusqu'à l'eau, remontaient sur le chemin, et tous, arrivés au même endroit, s'arrêtaient, attendant le passeur. Le lourd bachot[7] allait sans fin d'une rive à l'autre, déchargeant dans l'île ses voyageurs.

Le bras de la rivière (qu'on appelle le bras mort), sur lequel donne ce ponton à consommations, semblait dormir, tant le

---

1. ***Bureau des bains*** : comptoir d'accès aux bains flottants amarrés à la berge.
2. ***Chemin de halage*** : chemin au bord de la rivière réservé au remorquage des bateaux.
3. ***Gommeux*** : jeunes hommes à l'élégance prétentieuse.
4. ***Rosse*** : vieux cheval.
5. ***Grêles*** : d'une minceur excessive.
6. ***Gourmé*** : d'un maintien raide.
7. ***Bachot*** : petit bateau à fond plat servant à passer des bras de rivière.

courant était faible. Des flottes de yoles, de skifs[1], de périssoires[2], de podoscaphes[3], de gigs[4], d'embarcations de toute forme et de toute nature, filaient sur l'onde immobile, se croisant, se mêlant, s'abordant, s'arrêtant brusquement d'une secousse des bras pour s'élancer de nouveau sous une brusque tension des muscles, et glisser vivement comme de longs poissons jaunes ou rouges.

Il en arrivait d'autres sans cesse : les unes de Chatou, en amont[5] ; les autres de Bougival, en aval ; et des rires allaient sur l'eau d'une barque à l'autre, des appels, des interpellations ou des engueulades. Les canotiers exposaient à l'ardeur du jour la chair brunie et bosselée de leurs biceps ; et, pareilles à des fleurs étranges, à des fleurs qui nageraient, les ombrelles de soie rouge, verte, bleue ou jaune des barreuses s'épanouissaient à l'arrière des canots.

Un soleil de juillet flambait au milieu du ciel ; l'air semblait plein d'une gaieté brûlante ; aucun frisson de brise ne remuait les feuilles des saules et des peupliers.

Là-bas, en face, l'inévitable mont Valérien étageait dans la lumière crue ses talus fortifiés ; tandis qu'à droite, l'adorable coteau de Louveciennes, tournant avec le fleuve, s'arrondissait en demi-cercle, laissant passer par place, à travers la verdure puissante et sombre des grands jardins, les blanches murailles des maisons de campagne.

Aux abords de la Grenouillère, une foule de promeneurs circulait sous les arbres géants qui font de ce coin d'île le plus délicieux parc du monde. Des femmes, des filles aux cheveux jaunes,

---

1. ***Skifs*** : canots très longs, plats et effilés, à un seul rameur.
2. ***Périssoires*** : embarcations de sport ou de loisir, légères et instables, manœuvrées à la pagaie double.
3. ***Podoscaphes*** : embarcations que l'on fait mouvoir à l'aide des pieds.
4. ***Gigs*** : barques légères à fond plat et pointues à leurs extrémités, avançant au moyen d'avirons et d'une voile.
5. ***En amont*** : dans la direction d'où vient le courant.

aux seins démesurément rebondis, à la croupe[1] exagérée, au teint plâtré de fard, aux yeux charbonnés, aux lèvres sanguinolentes, lacées, sanglées en des robes extravagantes, traînaient sur les frais gazons le mauvais goût criard de leurs toilettes ; tandis qu'à côté d'elles des jeunes gens posaient en leurs accoutrements de gravures de modes, avec des gants clairs, des bottes vernies, des badines[2] grosses comme un fil et des monocles ponctuant la niaiserie de leur sourire.

L'île est étranglée juste à la Grenouillère, et sur l'autre bord, où un bac aussi fonctionne amenant sans cesse les gens de Croissy, le bras rapide, plein de tourbillons, de remous, d'écume, roule avec des allures de torrent. Un détachement de pontonniers[3], en uniforme d'artilleurs, est campé sur cette berge, et les soldats, assis en ligne sur une longue poutre, regardaient couler l'eau.

Dans l'établissement flottant, c'était une cohue furieuse et hurlante. Les tables de bois, où les consommations répandues faisaient de minces ruisseaux poisseux, étaient couvertes de verres à moitié vides et entourées de gens à moitié gris[4]. Toute cette foule criait, chantait, braillait. Les hommes, le chapeau en arrière, la face rougie, avec des yeux luisants d'ivrognes, s'agitaient en vociférant par un besoin de tapage[5] naturel aux brutes. Les femmes, cherchant une proie pour le soir, se faisaient payer à boire en attendant ; et, dans l'espace libre entre les tables, dominait le public ordinaire du lieu, un bataillon de canotiers *chahuteurs* avec leurs compagnes en courte jupe de flanelle.

Un d'eux se démenait au piano et semblait jouer des pieds et des mains ; quatre couples bondissaient un quadrille[6] ; et des

---

1. ***Croupe*** : partie du corps comprenant les fesses et le bas du dos.
2. ***Badines*** : petites cannes souples et souvent travaillées avec soin.
3. ***Pontonniers*** : soldats du génie chargés de la construction des ponts.
4. ***Gris*** : ivres.
5. ***Tapage*** : bruit, vacarme.
6. ***Quadrille*** : danse comportant une série de figures imposées.

jeunes gens les regardaient, élégants, corrects, qui auraient semblé comme il faut si la tare[1], malgré tout, n'eût apparu.

Car on sent là, à pleines narines, toute l'écume du monde, toute la crapulerie distinguée, toute la moisissure de la société parisienne : mélange de calicots[2], de cabotins[3], d'infimes journalistes, de gentilshommes en curatelle[4], de boursicotiers[5] véreux, de noceurs[6] tarés, de vieux viveurs[7] pourris ; cohue interlope[8] de tous les êtres suspects, à moitié connus, à moitié perdus, à moitié salués, à moitié déshonorés, filous, fripons, procureurs de femmes[9], chevaliers d'industrie[10] à l'allure digne, à l'air matamore[11] qui semble dire : « Le premier qui me traite de gredin, je le crève. »

Ce lieu sue la bêtise, pue la canaillerie et la galanterie de bazar. Mâles et femelles s'y valent. Il y flotte une odeur d'amour, et l'on s'y bat pour un oui ou pour un non, afin de soutenir des réputations vermoulues que les coups d'épée et les balles de pistolet ne font que crever davantage.

Quelques habitants des environs y passent en curieux, chaque dimanche ; quelques jeunes gens, très jeunes, y apparaissent chaque année, apprenant à vivre. Des promeneurs, flânant, s'y montrent ; quelques naïfs s'y égarent.

---

1. ***La tare*** : le défaut, le vice apparent.
2. ***Calicots*** : employés de magasin vêtus avec élégance.
3. ***Cabotins*** : comédiens de second rang.
4. ***En curatelle*** : sous tutelle.
5. ***Boursicotiers*** : qui jouent à la Bourse.
6. ***Noceurs*** : individus qui aiment faire la fête.
7. ***Viveurs*** : hommes qui mènent une vie de plaisir.
8. ***Interlope*** : louche, douteuse, équivoque.
9. ***Procureurs de femmes*** : proxénètes.
10. ***Chevaliers d'industrie*** : individus aux pratiques douteuses, qui vivent de ressources malhonnêtes.
11. ***L'air matamore*** : l'air de faux brave, de fanfaron (d'après le nom du personnage de la comédie espagnole, Matamore, qui se vante à tout propos de ses exploits guerriers contre les Maures).

C'est, avec raison, nommé la *Grenouillère*. À côté du radeau couvert où l'on boit, et tout près du « Pot-à-Fleurs », on se baigne. Celles des femmes dont les rondeurs sont suffisantes viennent là montrer à nu leur étalage et faire le client[1]. Les autres, dédaigneuses, bien qu'amplifiées par le coton, étayées de ressorts, redressées par-ci, modifiées par-là, regardent d'un air méprisant barboter leurs sœurs.

Sur une petite plate-forme, les nageurs se pressent pour piquer leur tête. Ils sont longs comme des échalas[2], ronds comme des citrouilles, noueux comme des branches d'olivier, courbés en avant ou rejetés en arrière par l'ampleur du ventre, et, invariablement laids, ils sautent dans l'eau qui rejaillit jusque sur les buveurs du café.

Malgré les arbres immenses penchés sur la maison flottante et malgré le voisinage de l'eau, une chaleur suffocante emplissait ce lieu. Les émanations des liqueurs répandues se mêlaient à l'odeur des corps et à celle des parfums violents dont la peau des marchandes d'amour est pénétrée et qui s'évaporaient dans cette fournaise. Mais sous toutes ces senteurs diverses flottait un arôme léger de poudre de riz[3] qui parfois disparaissait, reparaissait, qu'on retrouvait toujours, comme si quelque main cachée eût secoué dans l'air une houppe[4] invisible.

Le spectacle était sur le fleuve, où le va-et-vient incessant des barques tirait les yeux. Les canotières s'étalaient dans leur fauteuil en face de leurs mâles aux forts poignets, et elles considéraient avec mépris les quêteuses de dîners[5] rôdant par l'île.

---

1. ***Faire le client*** : racoler.

2. ***Échalas*** : piquets de bois qui maintiennent les plantes lors de leur croissance.

3. ***Poudre de riz*** : poudre utilisée par les femmes pour se blanchir la peau.

4. ***Houppe*** : instrument soyeux servant à l'application de la poudre de riz.

5. ***Quêteuses de dîners*** : femmes légères qui se font inviter au restaurant en échange de leurs charmes.

Quelquefois, quand une équipe lancée passait à toute vitesse, les amis descendus à terre poussaient des cris, et tout le public, subitement pris de folie, se mettait à hurler.

Au coude de la rivière, vers Chatou, se montraient sans cesse des barques nouvelles. Elles approchaient, grandissaient, et, à mesure qu'on reconnaissait les visages, d'autres vociférations partaient.

Un canot couvert d'une tente et monté par quatre femmes descendait lentement le courant. Celle qui ramait était petite, maigre, fanée, vêtue d'un costume de mousse avec ses cheveux relevés sous un chapeau ciré. En face d'elle, une grosse blondasse habillée en homme, avec un veston de flanelle blanche, se tenait couchée sur le dos au fond du bateau, les jambes en l'air sur le banc des deux côtés de la rameuse, et elle fumait une cigarette, tandis qu'à chaque effort des avirons sa poitrine et son ventre frémissaient, ballottés par la secousse. Tout à l'arrière, sous la tente, deux belles filles grandes et minces, l'une brune et l'autre blonde, se tenaient par la taille en regardant sans cesse leurs compagnes.

Un cri partit de la Grenouillère : « V'là Lesbos[1] ! » et, tout à coup, ce fut une clameur furieuse ; une bousculade effrayante eut lieu ; les verres tombaient ; on montait sur les tables ; tous, dans un délire de bruit, vociféraient : « Lesbos ! Lesbos ! Lesbos ! » Le cri roulait, devenait indistinct, ne formait plus qu'une sorte de hurlement effroyable, puis, soudain, il semblait s'élancer de nouveau, monter par l'espace, couvrir la plaine, emplir le feuillage épais des grands arbres, s'étendre aux lointains coteaux, aller jusqu'au soleil.

La rameuse, devant cette ovation, s'était arrêtée tranquillement. La grosse blonde étendue au fond du canot tourna la tête

1. ***Lesbos*** : référence à l'île grecque où vécut la poétesse Sappho, réputée pour son homosexualité.

d'un air nonchalant, se soulevant sur les coudes ; et les deux belles filles, à l'arrière, se mirent à rire en saluant la foule.

Alors la vocifération redoubla, faisant trembler l'établissement flottant. Les hommes levaient leurs chapeaux, les femmes agitaient leurs mouchoirs, et toutes les voix, aiguës ou graves, criaient ensemble : « Lesbos ! » On eût dit que ce peuple, ce ramassis de corrompus, saluait un chef, comme ces escadres[1] qui tirent le canon quand un amiral passe sur leur front.

La flotte nombreuse des barques acclamait aussi le canot des femmes, qui repartit de son allure somnolente pour aborder un peu plus loin.

M. Paul, au contraire des autres, avait tiré une clef de sa poche, et, de toute sa force, il sifflait. Sa maîtresse, nerveuse, pâlie encore, lui tenait le bras pour le faire taire et elle le regardait cette fois avec une rage dans les yeux. Mais lui semblait exaspéré, comme soulevé par une jalousie d'homme, par une fureur profonde, instinctive, désordonnée. Il balbutia, les lèvres tremblantes d'indignation :

« C'est honteux ! on devrait les noyer comme des chiennes, avec une pierre au cou. »

Mais Madeleine, brusquement, s'emporta ; sa petite voix aigre devint sifflante, et elle parlait avec volubilité[2], comme pour plaider sa propre cause :

« Est-ce que ça te regarde, toi ? Sont-elles pas libres de faire ce qu'elles veulent, puisqu'elles ne doivent rien à personne ? Fiche-nous la paix avec tes manières et mêle-toi de tes affaires... »

Mais il lui coupa la parole.

« C'est la police que ça regarde, et je les ferai flanquer à Saint-Lazare[3], moi ! »

---

1. ***Escadres*** : groupes de navires de guerre.
2. ***Volubilité*** : abondance et aisance.
3. ***Saint-Lazare*** : prison-hôpital pour femmes, où les prostituées étaient notamment tenues de suivre une visite médicale régulière.

Elle eut un soubresaut !

« Toi !

– Oui, moi ! Et, en attendant, je te défends de leur parler, tu entends, je te le défends. »

Alors elle haussa les épaules, et calmée tout à coup :

« Mon petit, je ferai ce qui me plaira ; si tu n'es pas content, file, et tout de suite. Je ne suis pas ta femme, n'est-ce pas ? Alors tais-toi. »

Il ne répondit pas et ils restèrent face à face, avec la bouche crispée et la respiration rapide.

À l'autre bout du grand café de bois, les quatre femmes faisaient leur entrée. Les deux costumées en homme marchaient devant : l'une maigre, pareille à un garçonnet vieillot, avec des teintes jaunes sur les tempes ; l'autre, emplissant de sa graisse ses vêtements de flanelle blanche, bombant de sa croupe le large pantalon, se balançait comme une oie grasse, ayant les cuisses énormes et les genoux rentrés. Leurs deux amies les suivaient et la foule des canotiers venait leur serrer les mains.

Elles avaient loué toutes les quatre un petit chalet au bord de l'eau, et elles vivaient là, comme auraient vécu deux ménages.

Leur vice était public, officiel, patent[1]. On en parlait comme d'une chose naturelle, qui les rendait presque sympathiques, et l'on chuchotait tout bas des histoires étranges, des drames nés de furieuses jalousies féminines, et des visites secrètes de femmes connues, d'actrices, à la petite maison du bord de l'eau.

Un voisin, révolté de ces bruits scandaleux, avait prévenu la gendarmerie, et le brigadier, suivi d'un homme, était venu faire une enquête. La mission était délicate : on ne pouvait, en somme, rien reprocher à ces femmes, qui ne se livraient point à la prostitution. Le brigadier, fort perplexe, ignorant même à peu près la nature des délits soupçonnés, avait interrogé à l'aventure[2], et fait un rapport monumental concluant à l'innocence.

---

1. ***Patent*** : évident.
2. ***À l'aventure*** : à l'aveuglette.

On en avait ri jusqu'à Saint-Germain.

Elles traversaient à petits pas, comme des reines, l'établissement de la Grenouillère; et elles semblaient fières de leur célébrité, heureuses des regards fixés sur elles, supérieures à cette foule, à cette tourbe[1], à cette plèbe[2].

Madeleine et son amant les regardaient venir, et dans l'œil de la fille une flamme s'allumait.

Lorsque les deux premières furent au bout de la table, Madeleine cria : « Pauline ! » La grosse se retourna, s'arrêta, tenant toujours le bras de son moussaillon[3] femelle :

« Tiens ! Madeleine… Viens donc me parler, ma chérie. »

Paul crispa ses doigts sur le poignet de sa maîtresse ; mais elle lui dit d'un tel air : « Tu sais, mon p'tit, tu peux filer », qu'il se tut et resta seul.

Alors elles causèrent tout bas, debout, toutes les trois. Des gaietés heureuses passaient sur leurs lèvres ; elles parlaient vite ; et Pauline, par instants, regardait Paul à la dérobée avec un sourire narquois et méchant.

À la fin, n'y tenant plus, il se leva soudain et fut près d'elle d'un élan, tremblant de tous ses membres. Il saisit Madeleine par les épaules : « Viens, je le veux, dit-il, je t'ai défendu de parler à ces gueuses[4]. »

Mais Pauline éleva la voix et se mit à l'engueuler avec son répertoire de poissarde[5]. On riait alentour ; on s'approchait ; on se haussait sur le bout des pieds afin de mieux voir. Et lui restait interdit[6] sous cette pluie d'injures fangeuses[7] ; il lui semblait que

1. ***Tourbe*** : populace, personnes de basse extraction jugées méprisables.
2. ***Plèbe*** : masse populaire (du latin *plebes*, qui désigne les plébéiens – ou le bas peuple –, par opposition aux patriciens, citoyens romains privilégiés).
3. ***Moussaillon*** : jeune apprenti marin.
4. ***Gueuses*** : femmes de mauvaise vie.
5. ***Poissarde*** : femme particulièrement grossière et vulgaire, qui a les manières d'une vendeuse de poissons aux halles.
6. ***Interdit*** : paralysé par le trouble.
7. ***Fangeuses*** : abjectes, sales.

les mots sortant de cette bouche et tombant sur lui le salissaient comme des ordures, et, devant le scandale qui commençait, il recula, retourna sur ses pas, et s'accouda sur la balustrade vers le fleuve, le dos tourné aux trois femmes victorieuses.

Il resta là, regardant l'eau, et parfois, avec un geste rapide, comme s'il l'eût arrachée, il enlevait d'un doigt nerveux une larme formée au coin de son œil.

C'est qu'il aimait éperdument, sans savoir pourquoi, malgré ses instincts délicats, malgré sa raison, malgré sa volonté même. Il était tombé dans cet amour comme on tombe dans un trou bourbeux[1]. D'une nature attendrie et fine, il avait rêvé des liaisons exquises, idéales et passionnées ; et voilà que ce petit criquet de femme, bête, comme toutes les filles, d'une bêtise exaspérante, pas jolie même, maigre et rageuse, l'avait pris, captivé, possédé des pieds à la tête, corps et âme. Il subissait cet ensorcellement féminin, mystérieux et tout-puissant, cette force inconnue, cette domination prodigieuse, venue on ne sait d'où, du démon de la chair, et qui jette l'homme le plus sensé aux pieds d'une fille quelconque sans que rien en elle explique son pouvoir fatal et souverain.

Et là, derrière son dos, il sentait qu'une chose infâme s'apprêtait. Des rires lui entraient au cœur. Que faire ? Il le savait bien, mais ne le pouvait pas.

Il regardait fixement, sur la berge en face, un pêcheur à la ligne immobile.

Soudain le bonhomme enleva brusquement du fleuve un petit poisson d'argent qui frétillait au bout du fil. Puis il essaya de retirer son hameçon, le tordit, le tourna, mais en vain ; alors, pris d'impatience, il se mit à tirer, et tout le gosier saignant de la bête sortit avec un paquet d'entrailles. Et Paul frémit, déchiré lui-même jusqu'au cœur ; il lui sembla que cet hameçon c'était son amour, et que, s'il fallait l'arracher, tout ce qu'il avait dans la

1. ***Bourbeux*** : qui charrie de la boue.

poitrine sortirait ainsi au bout d'un fer recourbé, accroché au fond de lui, et dont Madeleine tenait le fil.

Une main se posa sur son épaule ; il eut un sursaut, se tourna ; sa maîtresse était à son côté. Ils ne se parlèrent pas ; et elle s'accouda comme lui à la balustrade, les yeux fixés sur la rivière.

Il cherchait ce qu'il devait dire, et ne trouvait rien. Il ne parvenait même pas à démêler ce qui se passait en lui ; tout ce qu'il éprouvait, c'était une joie de la sentir là, près de lui, revenue, et une lâcheté honteuse, un besoin de pardonner tout, de tout permettre pourvu qu'elle ne le quittât point.

Enfin, au bout de quelques minutes, il lui demanda d'une voix très douce : « Veux-tu que nous nous en allions ? il ferait meilleur dans le bateau. »

Elle répondit : « Oui, mon chat. »

Et il l'aida à descendre dans la yole, la soutenant, lui serrant les mains, tout attendri, avec quelques larmes encore dans les yeux. Alors elle le regarda en souriant et ils s'embrassèrent de nouveau.

Ils remontèrent le fleuve tout doucement, longeant la rive plantée de saules, couverte d'herbes, baignée et tranquille dans la tiédeur de l'après-midi.

Lorsqu'ils furent revenus au restaurant Grillon, il était à peine six heures ; alors, laissant leur yole, ils partirent à pied dans l'île, vers Bezons, à travers les prairies, le long des hauts peupliers qui bordent le fleuve.

Les grands foins, prêts à être fauchés, étaient remplis de fleurs. Le soleil qui baissait étalait dessus une nappe de lumière rousse, et, dans la chaleur adoucie du jour finissant, les flottantes exhalaisons[1] de l'herbe se mêlaient aux humides senteurs du fleuve, imprégnaient l'air d'une langueur tendre, d'un bonheur léger, comme d'une vapeur de bien-être.

---

1. ***Exhalaisons*** : odeurs.

Une molle défaillance venait aux cœurs, et une espèce de communion avec cette splendeur calme du soir, avec ce vague et mystérieux frisson de vie épandue, avec cette poésie pénétrante, mélancolique, qui semblait sortir des plantes, des choses, s'épanouir, révélée aux sens en cette heure douce et recueillie.

Il sentait tout cela, lui ; mais elle ne le comprenait pas, elle. Ils marchaient côte à côte ; et soudain, lasse de se taire, elle chanta. Elle chanta de sa voix aigrelette[1] et fausse quelque chose qui courait les rues, un air traînant dans les mémoires, qui déchira brusquement la profonde et sereine harmonie du soir.

Alors il la regarda, et il sentit entre eux un infranchissable abîme. Elle battait les herbes de son ombrelle, la tête un peu baissée, contemplant ses pieds, et chantant, filant des sons, essayant des roulades[2], osant des trilles[3].

Son petit front étroit, qu'il aimait tant, était donc vide, vide ! Il n'y avait là-dedans que cette musique de serinette[4] ; et les pensées qui s'y formaient par hasard étaient pareilles à cette musique. Elle ne comprenait rien de lui ; ils étaient plus séparés que s'ils ne vivaient pas ensemble. Ses baisers n'allaient donc jamais plus loin que les lèvres ?

Alors elle releva les yeux vers lui et sourit encore. Il fut remué jusqu'aux moelles, et, ouvrant les bras, dans un redoublement d'amour, il l'étreignit passionnément.

Comme il chiffonnait sa robe, elle finit par se dégager, en murmurant par compensation : « Va, je t'aime bien, mon chat. »

Mais il la saisit par la taille, et, pris de folie, l'entraîna en courant ; et il l'embrassait sur la joue, sur la tempe, sur le cou, tout en sautant d'allégresse. Ils s'abattirent, haletants, au pied d'un

---

1. ***Aigrelette*** : aiguë et légèrement éraillée.

2. ***Roulades*** : suites de notes montantes ou descendantes.

3. ***Trilles*** : battements rapides et ininterrompus sur deux notes voisines.

4. ***Serinette*** : personne qui chante d'une manière mécanique, sans âme, comme la machine dont on se servait autrefois pour apprendre à chanter aux serins (oiseaux-chanteurs dont le plus célèbre représentant est le canari).

buisson incendié par les rayons du soleil couchant, et, avant d'avoir repris haleine, ils s'unirent, sans qu'elle comprît son exaltation.

Ils revenaient en se tenant les deux mains, quand soudain, à travers les arbres, ils aperçurent sur la rivière le canot monté par les quatre femmes. La grosse Pauline aussi les vit, car elle se redressa, envoyant à Madeleine des baisers. Puis elle cria : « À ce soir ! »

Madeleine répondit : « À ce soir ! »

Paul crut sentir soudain son cœur enveloppé de glace.

Et ils rentrèrent pour dîner.

Ils s'installèrent sous une des tonnelles[1] au bord de l'eau et se mirent à manger en silence. Quand la nuit fut venue, on apporta une bougie, enfermée dans un globe de verre, qui les éclairait d'une lueur faible et vacillante ; et l'on entendait à tout moment les explosions de cris des canotiers dans la grande salle du premier.

Vers le dessert, Paul, prenant tendrement la main de Madeleine, lui dit : « Je me sens très fatigué, ma mignonne ; si tu veux, nous nous coucherons de bonne heure. »

Mais elle avait compris la ruse, et elle lui lança ce regard énigmatique, ce regard à perfidies qui apparaît si vite au fond de l'œil de la femme. Puis, après avoir réfléchi, elle répondit : « Tu te coucheras si tu veux, moi j'ai promis d'aller au bal de la Grenouillère. »

Il eut un sourire lamentable, un de ces sourires dont on voile les plus horribles souffrances, mais il répondit d'un ton caressant et navré : « Si tu étais bien gentille nous resterions tous les deux. » Elle fit « non » de la tête sans ouvrir la bouche. Il insista : « T'en prie ! ma bichette. » Alors elle rompit[2] brusquement : « Tu sais ce

1. ***Tonnelles*** : petites constructions voûtées et ombragées décorées de plantes grimpantes.

2. ***Rompit*** : mit un terme à la discussion.

que je t'ai dit. Si tu n'es pas content, la porte est ouverte. On ne te retient pas. Quant à moi, j'ai promis : j'irai. »

Il posa ses deux coudes sur la table, enferma son front dans ses mains, et resta là, rêvant douloureusement.

Les canotiers redescendirent en braillant toujours. Ils repartaient dans leurs yoles pour le bal de la Grenouillère.

Madeleine dit à Paul : « Si tu ne viens pas, décide-toi, je demanderai à un de ces messieurs de me conduire.

Paul se leva : « Allons ! » murmura-t-il.

Et ils partirent.

La nuit était noire, pleine d'astres, parcourue par une haleine embrasée, par un souffle pesant, chargé d'ardeurs, de fermentations, de germes vifs qui, mêlés à la brise, l'alentissaient[1]. Elle promenait sur les visages une caresse chaude, faisait respirer plus vite, haleter un peu, tant elle semblait épaissie et lourde.

Les yoles se mettaient en route, portant à l'avant une lanterne vénitienne. On ne distinguait point les embarcations, mais seulement ces petits falots[2] de couleur, rapides et dansants, pareils à des lucioles en délire ; et des voix couraient dans l'ombre de tous côtés.

La yole des deux jeunes gens glissait doucement. Parfois, quand un bateau lancé passait près d'eux, ils apercevaient soudain le dos blanc du canotier éclairé par sa lanterne.

Lorsqu'ils eurent tourné le coude de la rivière, la Grenouillère leur apparut dans le lointain. L'établissement en fête était orné de girandoles[3], de guirlandes en veilleuses de couleur, de grappes de lumières. Sur la Seine circulaient lentement quelques gros bachots représentant des dômes, des pyramides, des monuments compliqués en feux de toutes nuances. Des festons[4]

---

1. ***L'alentissaient*** : la rendaient moins vive, plus lente.
2. ***Falots*** : lanternes portatives servant à éclairer les abords d'une fête.
3. ***Girandoles*** : faisceaux lumineux.
4. ***Festons*** : guirlandes décoratives.

enflammés traînaient jusqu'à l'eau ; et quelquefois un falot rouge ou bleu, au bout d'une immense canne à pêche invisible, semblait une grosse étoile balancée.

Toute cette illumination répandait une lueur alentour du café, éclairait de bas en haut les grands arbres de berge dont le tronc se détachait en gris pâle, et les feuilles en vert laiteux, sur le noir profond des champs et du ciel.

L'orchestre, composé de cinq artistes de banlieue, jetait au loin sa musique de bastringue[1], maigre et sautillante, qui fit de nouveau chanter Madeleine.

Elle voulut tout de suite entrer. Paul désirait auparavant faire un tour dans l'île ; mais il dut céder.

L'assistance s'était épurée. Les canotiers presque seuls restaient avec quelques bourgeois clairsemés et quelques jeunes gens flanqués de filles. Le directeur et organisateur de ce cancan[2], majestueux dans un habit noir fatigué, promenait en tous sens sa tête ravagée de vieux marchand de plaisirs publics à bon marché.

La grosse Pauline et ses compagnes n'étaient pas là ; et Paul respira.

On dansait : les couples face à face cabriolaient éperdument, jetaient leurs jambes en l'air jusqu'au nez des vis-à-vis[3].

Les femelles, désarticulées des cuisses, bondissaient dans un envolement de jupes révélant leurs dessous. Leurs pieds s'élevaient au-dessus de leurs têtes avec une facilité surprenante, et elles balançaient leurs ventres, frétillaient de la croupe, secouaient leurs seins, répandant autour d'elles une senteur énergique de femmes en sueur.

Les mâles s'accroupissaient comme des crapauds avec des gestes obscènes, se contorsionnaient, grimaçants et hideux,

---

1. ***Bastringue*** : bal populaire.
2. ***Cancan*** : danse très enlevée en vogue dans les bals publics.
3. ***Des vis-à-vis*** : des personnes situées en face.

faisaient la roue sur les mains, ou bien, s'efforçant d'être drôles, esquissaient des manières avec une grâce ridicule.

Une grosse bonne et deux garçons servaient les consommations.

Ce café-bateau, couvert seulement d'un toit, n'ayant aucune cloison qui le séparât du dehors, la danse échevelée s'étalait en face de la nuit pacifique et du firmament poudré d'astres.

Tout à coup le mont Valérien, là-bas, en face, sembla s'éclairer comme si un incendie se fût allumé derrière. La lueur s'étendit, s'accentua, envahissant peu à peu le ciel, décrivant un grand cercle lumineux, d'une lumière pâle et blanche. Puis quelque chose de rouge apparut, grandit, d'un rouge ardent comme un métal sur l'enclume. Cela se développait lentement en rond, semblait sortir de la terre ; et la lune, se détachant bientôt de l'horizon, monta doucement dans l'espace. À mesure qu'elle s'élevait, sa nuance pourpre s'atténuait, devenait jaune, d'un jaune clair, éclatant ; et l'astre paraissait diminuer à mesure qu'il s'éloignait.

Paul le regardait depuis longtemps, perdu dans cette contemplation, oubliant sa maîtresse. Quand il se retourna, elle avait disparu.

Il la chercha, mais ne la trouva pas. Il parcourait les tables d'un œil anxieux, allant et revenant sans cesse interrogeant l'un et l'autre. Personne ne l'avait vue.

Il errait ainsi, martyrisé d'inquiétude, quand un des garçons lui dit : « C'est madame Madeleine que vous cherchez ? Elle vient de partir tout à l'heure en compagnie de madame Pauline. » Et, au même moment, Paul apercevait, debout à l'autre extrémité du café, le mousse et les deux belles filles, toutes trois liées par la taille, et qui le guettaient en chuchotant.

Il comprit, et, comme un fou, s'élança dans l'île.

Il courut d'abord vers Chatou ; mais, devant la plaine, il retourna sur ses pas. Alors il se mit à fouiller l'épaisseur des taillis, à vagabonder éperdument, s'arrêtant parfois pour écouter.

Les crapauds, par tout l'horizon, lançaient leur note métallique et courte.

Vers Bougival, un oiseau inconnu modulait quelques sons qui arrivaient affaiblis par la distance. Sur les larges gazons la lune versait une molle clarté, comme une poussière de ouate ; elle pénétrait les feuillages, faisait couler sa lumière sur l'écorce argentée des peupliers, criblait de sa pluie brillante les sommets frémissants des grands arbres. La grisante poésie de cette soirée d'été entrait dans Paul malgré lui, traversait son angoisse affolée, remuait son cœur avec une ironie féroce, développant jusqu'à la rage en son âme douce et contemplative ses besoins d'idéale tendresse, d'épanchements passionnés dans le sein d'une femme adorée et fidèle.

Il fut contraint de s'arrêter, étranglé par des sanglots précipités, déchirants.

La crise passée, il repartit.

Soudain il reçut comme un coup de couteau ; on s'embrassait, là, derrière ce buisson. Il y courut ; c'était un couple amoureux, dont les deux silhouettes s'éloignèrent vivement à son approche, enlacées, unies dans un baiser sans fin.

Il n'osait pas appeler, sachant bien qu'Elle ne répondrait point ; et il avait aussi une peur affreuse de les découvrir tout à coup.

Les ritournelles des quadrilles avec les solos déchirants du piston, les rires faux de la flûte, les rages aiguës du violon lui tiraillaient le cœur, exaspérant sa souffrance. La musique enragée, boitillante, courait sous les arbres, tantôt affaiblie, tantôt grossie dans un souffle passager de brise.

Tout à coup il se dit qu'Elle était revenue peut-être ? Oui ! elle était revenue ! pourquoi pas ? Il avait perdu la tête sans raison, stupidement, emporté par ses terreurs, par les soupçons désordonnés qui l'envahissaient depuis quelque temps.

Et, saisi par une de ces accalmies singulières qui traversent parfois les plus grands désespoirs, il retourna vers le bal.

D'un coup d'œil il parcourut la salle. Elle n'était pas là. Il fit le tour des tables, et brusquement se trouva de nouveau face à face avec les trois femmes. Il avait apparemment une figure désespérée et drôle, car toutes trois ensemble éclatèrent de gaieté.

Il se sauva, repartit dans l'île, se rua à travers les taillis, haletant. – Puis il écouta de nouveau – il écouta longtemps, car ses oreilles bourdonnaient ; mais, enfin, il crut entendre un peu plus loin un petit rire perçant qu'il connaissait bien ; et il avança tout doucement, rampant, écartant les branches, la poitrine tellement secouée par son cœur qu'il ne pouvait respirer.

Deux voix murmuraient des paroles qu'il n'entendait pas encore. Puis elles se turent.

Alors il eut une envie immense de fuir, de ne pas voir, de ne pas savoir, de se sauver pour toujours, loin de cette passion furieuse qui le ravageait. Il allait retourner à Chatou, prendre le train, et ne reviendrait plus, ne la reverrait plus jamais. Mais son image brusquement l'envahit, et il l'aperçut en sa pensée quand elle s'éveillait au matin, dans leur lit tiède, se pressait câline contre lui, jetant ses bras à son cou, avec ses cheveux répandus, un peu mêlés sur le front, avec ses yeux fermés encore et ses lèvres ouvertes pour le premier baiser ; et le souvenir subit de cette caresse matinale l'emplit d'un regret frénétique et d'un désir forcené.

On parlait de nouveau ; et il s'approcha, courbé en deux. Puis un léger cri courut sous les branches tout près de lui. Un cri ! Un de ces cris d'amour qu'il avait appris à connaître aux heures éperdues de leur tendresse. Il avançait encore, toujours, comme malgré lui, attiré invinciblement, sans avoir conscience de rien… et il les vit.

Oh ! si c'eût été un homme, l'autre ! mais cela ! cela ! Il se sentait enchaîné par leur infamie même. Et il restait là, anéanti, bouleversé, comme s'il eût découvert tout à coup un cadavre cher et mutilé, un crime contre nature, monstrueux, une immonde profanation.

Alors, dans un éclair de pensée involontaire, il songea au petit poisson dont il avait vu arracher les entrailles. Mais Madeleine murmura : « Pauline ! » du même ton passionné qu'elle disait ; « Paul ! » et il fut traversé d'une telle douleur qu'il s'enfuit de toutes ses forces.

Il heurta deux arbres, tomba sur une racine, repartit, et se trouva soudain devant le fleuve, devant le bras rapide éclairé par la lune. Le courant torrentueux faisait de grands tourbillons où se jouait la lumière. La berge haute dominait l'eau comme une falaise, laissant à son pied une large bande obscure où les remous s'entendaient dans l'ombre.

Sur l'autre rive, les maisons de campagne de Croissy s'étageaient en pleine clarté.

Paul vit tout cela comme dans un songe, comme à travers un souvenir ; il ne songeait à rien, ne comprenait rien, et toutes les choses, son existence même, lui apparaissaient vaguement, lointaines, oubliées, finies.

Le fleuve était là. Comprit-il ce qu'il faisait ? Voulut-il mourir ? Il était fou. Il se retourna cependant vers l'île, vers Elle, et, dans l'air calme de la nuit où dansaient toujours les refrains affaiblis et obstinés du bastringue, il lança d'une voix désespérée, suraiguë, surhumaine, un effroyable cri : « Madeleine ! »

Son appel déchirant traversa le large silence du ciel, courut par tout l'horizon.

Puis, d'un bond formidable, d'un bond de bête, il sauta dans la rivière. L'eau jaillit, se referma, et, de la place où il avait disparu, une succession de grands cercles partit, élargissant jusqu'à l'autre berge leurs ondulations brillantes.

Les deux femmes avaient entendu. Madeleine se dressa : « C'est Paul. » Un soupçon surgit en son âme. « Il s'est noyé », dit-elle. Et elle s'élança vers la rive, où la grosse Pauline la rejoignit.

Un lourd bachot monté par deux hommes tournait et retournait sur place. Un des bateliers ramait, l'autre enfonçait dans l'eau un grand bâton et semblait chercher quelque chose. Pauline cria : « Que faites-vous ? Qu'y a-t-il ? » Une voix inconnue répondit : « C'est un homme qui vient de se noyer. »

Les deux femmes, serrées l'une contre l'autre, hagardes, suivaient les évolutions de la barque. La musique de la Grenouillère folâtrait[1] toujours au loin, semblait accompagner en cadence les mouvements des sombres pêcheurs ; et la rivière, qui cachait maintenant un cadavre, tournoyait, illuminée.

Les recherches se prolongeaient. L'attente horrible faisait grelotter Madeleine. Enfin, après une demi-heure au moins, un des hommes annonça : « Je le tiens ! » Et il fit remonter sa longue gaffe[2] doucement, tout doucement. Puis quelque chose de gros apparut à la surface de l'eau. L'autre marinier quitta ses rames, et tous deux, unissant leurs forces, halant sur la masse inerte, la firent culbuter dans leur bateau.

Ensuite ils gagnèrent la terre, en cherchant une place éclairée et basse. Au moment où ils abordaient, les femmes arrivaient aussi.

Dès qu'elle le vit, Madeleine recula d'horreur. Sous la lumière de la lune, il semblait vert déjà, avec sa bouche, ses yeux, son nez, ses habits pleins de vase. Ses doigts fermés et raidis étaient affreux. Une espèce d'enduit noirâtre et liquide couvrait tout son corps. La figure paraissait enflée, et de ses cheveux collés par le limon[3] une eau sale coulait sans cesse.

Les deux hommes l'examinèrent.

« Tu le connais ? » dit l'un.

L'autre, le passeur de Croissy, hésitait : « Oui, il me semble bien que j'ai vu cette tête-là ; mais tu sais, comme ça, on ne reconnaît pas bien. » Puis, soudain : « Mais c'est M. Paul !

---

1. ***Folâtrait*** : jouait gaiement.
2. ***Gaffe*** : longue perche munie d'un crochet à son extrémité pour ramasser quelque chose.
3. ***Limon*** : mélange de terre et de débris organiques déposé au fond des rivières ou des étangs.

– Qui ça, M. Paul ? » demanda son camarade.

Le premier reprit :

« Mais M. Paul Baron, le fils du sénateur, ce p'tit qu'était si amoureux. »

L'autre ajouta philosophiquement :

« Eh bien, il a fini de rigoler maintenant ; c'est dommage tout de même quand on est riche ! »

Madeleine sanglotait, tombée par terre. Pauline s'approcha du corps et demanda : « Est-ce qu'il est bien mort ? – tout à fait ? »

Les hommes haussèrent les épaules : « Oh ! après ce temps-là ! pour sûr ! »

Puis l'un d'eux interrogea : « C'est chez Grillon qu'il logeait ?

– Oui, reprit l'autre ; faut le reconduire, y aura de la braise[1]. »

Ils remontèrent dans leur bateau et repartirent, s'éloignant lentement à cause du courant rapide ; et longtemps encore après qu'on ne les vit plus de la place où les femmes étaient restées, on entendit tomber dans l'eau les coups réguliers des avirons.

Alors Pauline prit dans ses bras la pauvre Madeleine éplorée, la câlina, l'embrassa longtemps, la consola : « Que veux-tu, ce n'est point ta faute, n'est-ce pas ? On ne peut pourtant pas empêcher les hommes de faire des bêtises. Il l'a voulu, tant pis pour lui, après tout ! » Puis, la relevant : « Allons, ma chérie, viens-t'en coucher à la maison ; tu ne peux pas rentrer chez Grillon ce soir. » Elle l'embrassa de nouveau : « Va, nous te guérirons », dit-elle.

Madeleine se releva, et, pleurant toujours, mais avec des sanglots affaiblis, la tête sur l'épaule de Pauline, comme réfugiée dans une tendresse plus intime, et plus sûre, plus familière et plus confiante, elle partit à tout petits pas.

(1881 ou antérieur)

---

1. ***Braise*** : argent, pourboire.

DOSSIER

- Microlectures
- Bains de mer et de rivière
- Les suicidés de la Seine

Microlectures

Microlecture n° 1 : « Une partie de campagne » (p. 51-65)

1. La promenade dominicale de petits boutiquiers parisiens

1. Relevez les circonstances spatiales et temporelles de l'excursion de la famille Dufour. Précisez son itinéraire.
2. Quels sont les deux indices qui nous permettent d'affirmer que cette sortie, rare mais périodique, relève du rituel ?
3. Dans le dialogue qui se noue entre les canotiers et les membres de la famille Dufour, relevez ce qui contribue à caractériser ces derniers comme de pauvres individus enfermés dans leur fonction de commerçants.
4. Maupassant dresse un portrait satirique des personnages, notamment de Pétronille et Cyprien Dufour. Quels travers représente-t-il ?

2. L'éternel retour du même

1. Lorsqu'on relit la nouvelle, des détails qui paraissaient à première vue anodins semblent annoncer la fin du récit. Expliquez la valeur d'indice des détails en gras dans les citations suivantes :
– « il plaisanta sur le mot "dames", dont on désigne les deux montants qui retiennent les avirons, disant que **les canotiers, et pour cause, ne sortaient jamais sans leurs *dames*** » (p. 56).
– « M. Dufour se mit à lire l'enseigne engageante d'une gargote : "*Restaurant Poulin, matelotes et fritures,* ***cabinets de société, bosquets*** *et balançoires*" » (p. 52-53).
– « C'était **la chute du barrage** qui coupait le fleuve en deux à la pointe de l'île. Lui se perdait dans une explication, lorsque, à travers le fracas de la cascade, **un chant d'oiseau** qui semblait très lointain les frappa » (p. 60).
2. Tout fonctionne par paire dans la nouvelle : la Seine est traversée à deux reprises, les époux Dufour lisent deux fois, à tour de rôle,

l'enseigne engageante du restaurant Poulin, la mère et la fille se balancent toutes deux sur les escarpolettes, le mari et l'apprenti aux cheveux jaunes se pendent gauchement aux anneaux pour faire de la gymnastique, les yoles sont semblables à « deux grandes filles minces », etc. Que peut signifier cette duplication systématique ? Quelle conception du temps et quelle vision du destin implique-t-elle ?

3. La mère et la fille vivent toutes deux une aventure amoureuse et sensuelle avec un canotier. En quoi celle de Mme Dufour peut être considérée comme le reflet burlesque de celle d'Henriette ?

4. La fin de la nouvelle est elle-même dédoublée. Elle consiste en un double retour que vous expliquerez : qui revient ? Où ? Et pour quoi faire ? Les dernières lignes du texte incitent à lire l'ensemble de la nouvelle en boucle : quelle morale ou quelle leçon philosophique peut-on en tirer ?

3. Les eaux sombres de la Seine

1. La nature semble tendre un piège sensuel à Henriette : quels sont les éléments qui jouent un rôle particulier dans l'éveil de son désir ?

2. Relevez la triple expression qui annonce le consentement de la jeune fille. Agit-elle volontairement ou est-elle soumise à des forces instinctives contre lesquelles elle ne peut lutter ?

3. Une profonde mélancolie anime les deux amants au sortir de leur bosquet. Quelle peut être sa cause ?

4. La fin de la nouvelle nous apprend qu'Henriette s'est mariée au commis qui seconde son père dans la quincaillerie, et qu'elle est promise à un purgatoire[1] conjugal. S'il a bel et bien révélé à Henriette l'existence d'un coin de paradis, le canotier Henri est aussi celui qui l'a livrée aux Enfers parisiens, en la raccompagnant jusqu'à l'auberge de M. Poulin. Dès lors, à quel passeur mythique, lui aussi chargé de faire traverser un fleuve sur sa barque, Henri peut-il nous faire songer ?

---

1. ***Purgatoire*** : selon la tradition chrétienne, lieu dans lequel les morts expient leurs péchés et purifient leurs âmes avant d'entrer au paradis.

Pour aller plus loin : en lien avec l'histoire de l'art

Manet, Le Déjeuner sur l'herbe *(1862), p. 4 du cahier photos*

1. Les personnages de ce déjeuner sur l'herbe appartiennent-ils à la même classe sociale que les Dufour ? Faites une recherche sur le modèle du nu qui a posé pour ce tableau : qui était-ce ?
2. Lors de sa première exposition au Salon des refusés, en 1863, ce tableau a suscité un certain scandale auprès du public. À votre avis, qu'est-ce qui a pu paraître choquant et incongru ?
3. Après avoir recherché et observé des reproductions du *Concert champêtre* (v. 1509) de Giorgione (ou de son disciple Titien) et de la gravure de Marcantonio Raimondi, *Le Jugement de Pâris* (v. 1515-1518), d'après le peintre Raphaël, précisez les emprunts qu'a faits Manet à chacune de ces œuvres pour composer son *Déjeuner.*
3. Un mélange de contemporanéité et d'idéal atemporel caractérise ce tableau : recensez quelques-uns des éléments illustrant chacune de ces dimensions.
4. Intitulée à l'origine *Le Bain*, cette œuvre a été ensuite rebaptisée *Le Déjeuner sur l'herbe*. À cet égard, que vous inspire la pièce d'eau qui figure à l'arrière-plan et la femme vêtue d'une robe de voile qui s'y baigne ?

Renoir, La Promenade *(1870), p. 5 du cahier photos*

1. Recherchez les lignes exactes de la nouvelle auxquelles ce tableau pourrait servir d'illustration.
2. Quelle est la proportion d'espace occupée par l'homme et la femme dans cette scène ? Que peut-on en déduire à propos de l'intention de l'artiste : sa priorité concerne-t-elle le paysage, la nature ou la relation qui se noue entre les deux personnages ?
3. Qualifiez la palette de couleurs utilisée par le peintre : est-elle réduite ou au contraire étendue ? La robe de la femme est intégralement blanche alors que le promeneur porte une veste noire. À quel autre élément fait écho cet emploi du noir ?
4. Auguste Renoir use d'une même touche duveteuse pour le traitement des étoffes et de la végétation : quel est l'effet général produit

par cette technique ? L'atmosphère du tableau vous paraît-elle galante, heureuse, ou au contraire inquiétante et ambiguë ?
5. Les figures de l'homme et de la femme ne sont pas traitées de la même manière ; la position de leur corps, leurs expressions, les jeux d'ombres et de lumière sur leurs vêtements, leur inscription dans la profondeur de champ de l'espace diffèrent. Précisez en quoi.

Microlecture n° 2 : « Sur l'eau » (p. 67-74)

« Le fantastique, c'est l'hésitation éprouvée par un être qui ne connaît que les lois naturelles, face à un événement en apparence surnaturel », écrit le critique littéraire Tzvetan Todorov[1]. Vérifions que cette définition s'applique pleinement à la nouvelle de Maupassant.

1. Entre deux eaux...

1. Relevez les phénomènes étranges qui se produisent pendant la veillée nautique du narrateur.
2. Comment les explique-t-il ? Avec quels arguments rationnels ?
3. Au fil du récit, quelles autres circonstances viennent expliquer ces phénomènes étranges ? Vous distinguerez les causes matérielles, attachées au lieu, et les causes humaines.
4. La chute de la nouvelle éclaire l'immobilité jusque-là inexplicable du canot. En quoi cette révélation est-elle finalement plus terrible encore qu'une incertitude fantastique ? Quelle hésitation laisse-t-elle planer sur les circonstances de cette mort par noyade ?
5. Comment Maupassant parvient-il à rendre sa narration pleinement vraisemblable ? Vous vous attacherez aux détails réalistes et à la fonction du récit cadre.

2. Des motifs doubles

1. Dès le début de la nouvelle, de nombreuses phrases peuvent se lire de deux façons : tantôt comme de simples figures de style

1. Tzvetan Todorov, *Introduction à la littérature fantastique*, Seuil, 1976.

(métaphore, comparaison, hyperbole, etc.) et tantôt comme des annonces explicites de la chute de la nouvelle. Relevez quelques exemples de phrases à double sens et expliquez leur ambivalence.
2. Le canotier oppose l'inspiration maritime et le monde de la rivière. Selon vous, lequel de ces deux univers relève d'une tonalité fantastique et lequel témoigne d'une tonalité merveilleuse ?
3. « [...] mon *moi* brave railla mon *moi* poltron, et jamais aussi bien que ce jour-là je ne saisis l'opposition des deux êtres qui sont en nous, l'un voulant, l'autre résistant, et chacun l'emportant tour à tour » (p. 72). Dans quelle mesure cette bipolarité du personnage rejaillit-elle sur la rivière elle-même et sur le spectacle qu'elle offre à la contemplation ? Pour répondre, étudiez notamment l'évolution du paysage fluvial au cours de la nouvelle.

3. Un manifeste poétique

1. « Eh bien, je crois que les histoires chuchotées par les roseaux minces avec leurs petites voix si douces doivent être encore plus sinistres que les drames lugubres racontés par les hurlements des vagues » (p. 68). Dans quelle mesure peut-on lire cette affirmation comme un art poétique de la part de Maupassant ?
2. Le canotier cite des vers de Victor Hugo pour illustrer toute une tradition poétique maritime et déclare lui préférer l'inquiétante étrangeté de la rivière : « Elle ne gronde pas, elle coule toujours sans bruit, et ce mouvement éternel de l'eau qui coule est plus effrayant pour moi que les hautes vagues de l'Océan » (p. 68). Quelles sont les deux esthétiques littéraires qui s'opposent ici, à travers les images du « mouvement éternel de l'eau » et des « hautes vagues de l'Océan » ?
3. En quoi peut-on dire que la fin de la nouvelle donne l'avantage au réalisme sur le lyrisme romantique ?
4. Peut-on dire qu'il y a chez Maupassant un sublime du paysage fluvial, qui tiendrait à son statut de spectacle naturel, comme il y a chez Victor Hugo un sublime marin ? Ou bien la beauté de la rivière réside-t-elle avant tout dans le regard de celui qui la contemple ? Vous justifierez votre réponse en citant le texte.

Pour aller plus loin : en lien avec l'histoire de l'art

On associe souvent l'écriture de Maupassant à la peinture impressionniste, dont les plus éminents représentants sont Claude Monet (1840-1926) et Auguste Renoir (1841-1919). Pourtant, dans cette nouvelle, le réalisme fantastique de l'auteur s'accorde davantage à la vision du monde des peintres de l'école symboliste, qui refusent de réduire la réalité à la connaissance rationnelle et matérielle qu'on peut en avoir.

James Ensor,* Le Rameur *(1883),
page 7 du cahier photos

Dans ce tableau, le peintre belge James Ensor (1860-1949) choisit un sujet réaliste et prisé par les impressionnistes : une scène de canotage. Le traitement qu'il applique à la toile l'éloigne cependant d'un strict réalisme : en effet, au-delà de la simple représentation du réel, l'atmosphère mystérieuse et inquiétante de l'œuvre sollicite un déchiffrement de la part du spectateur.

Quelles impressions subjectives cette toile vous inspire-t-elle ? À quoi sont-elles dues et comment les interprétez-vous ?

Microlecture n° 3 : « La Femme de Paul » (p. 95-117)

1. Une étude de mœurs réaliste

Un souci extrême de précision géographique

Après avoir lu attentivement la nouvelle, et en vous aidant d'une carte de la Seine, dessinez un plan des lieux et précisez l'itinéraire des personnages.

Une société du spectacle où se mêlent toutes les origines sociales

Relevez dans les premières descriptions de la nouvelle les expressions qui suggèrent le caractère hétéroclite de la foule et son voyeurisme. Qui est particulièrement exposé aux regards dès le début de la nouvelle ?

Des activités variées

Du restaurant Grillon à l'établissement de la Grenouillère, les attractions et divertissements diffèrent. Faites l'inventaire des différentes activités pratiquées sur ces bords de Seine.

2. De la fête galante à la bacchanale décadente : l'invasion du burlesque

1. Un incessant va-et-vient d'embarcations et de promeneurs rythme l'espace qui sépare le restaurant Grillon de la Grenouillère. Pourtant, le public n'est pas tout à fait le même d'un lieu à l'autre. En comparant les descriptions de cette société, dites lequel de ces deux lieux vous semble le plus mal fréquenté.
2. Relevez quelques-uns des types sociaux épinglés par Maupassant. Montrez que le dégoût de l'auteur pour ce milieu de débauche festive est légèrement teinté de fascination.
3. L'évocation des baigneuses et des baigneurs est l'occasion d'une vision dégradée de la réalité : relevez les procédés de cette dégradation et le champ lexical de l'artifice.
4. Deux moments sont particulièrement propices à la caricature burlesque : l'apparition des quatre lesbiennes et la scène du bal. Relevez les comparaisons animalières ou clownesques qui ponctuent ces moments descriptifs. Quels vices traduisent-elles ?
5. En relisant le passage allant de « Les femelles, désarticulées des cuisses » à « esquissaient des manières avec une grâce ridicule » (l. 468-477), dites en quoi la Grenouillère, plus qu'un simple nom de lieu, est une image poétique qui animalise la faune des danseurs.

3. Un drame au bord de l'eau

1. Plusieurs signes avant-coureurs de la mort de Paul figurent dans le texte et contribuent à accentuer son atmosphère macabre : la précision topographique des eaux de la Seine, comprises entre la Grenouillère et Croissy (précision reprise au moment du suicide) ; la phrase méprisante que Paul prononce lors de l'entrée en scène des lesbiennes ; la mention de son amour éperdu pour Madeleine et, quelques lignes plus loin, le trouble du personnage face au poisson

pris au piège d'un hameçon. Retrouvez dans le texte les mentions exactes de ces indices.
2. Outre le dépit causé par la jalousie et la tristesse d'être trompé par Madeleine avec une femme, quelles circonstances déterminent le suicide de Paul ?
3. Un double aller-retour entre le restaurant Grillon, situé près de Chatou, et l'établissement de la Grenouillère, à Bougival, scande la nouvelle. Quelle est la particularité du dernier trajet qui s'effectue entre ces deux pôles festifs ?

Pour aller plus loin : en lien avec l'histoire de l'art

Antoine Watteau, Embarquement pour Cythère *(1718), page 3 du cahier photos*

L'établissement de la Grenouillère est un immense radeau, relié à l'île de Croissy, où afflue une société interlope[1], avide de plaisirs bon marché. Parmi elle figure un petit groupe d'homosexuelles baptisé « Lesbos », d'après le nom de l'île grecque où vécut Sappho, la poétesse antique initiatrice des amours féminines. Ces îles en évoquent une autre : Cythère, une île grecque consacrée à la déesse de l'amour – Aphrodite. Le peintre français Antoine Watteau (1684-1721) a représenté ce lieu dans une toile nimbée de poésie et de tristesse.

1. Après avoir attentivement observé le tableau de Watteau, vous direz dans quelle mesure la nouvelle de Maupassant peut être interprétée comme une relecture dégradée, à la fois morbide et burlesque, de cette œuvre.
2. Vous comparerez le thème des deux œuvres, le type social des personnages représentés, et leur dimension théâtrale.
3. Vous tenterez également de montrer en quoi un même mélange de mélancolie et de légèreté caractérise la nouvelle et le tableau.

1. ***Interlope*** : voir note 8, p. 100.

Du plaisir des sens aux macabres intentions de suicide, l'eau accueille une multiplicité d'émotions et de réalités dans l'imaginaire de Maupassant. Les groupements de textes qui suivent donnent à voir deux représentations antagonistes de cette rêverie aquatique : d'une part, la baignade et les plaisirs qu'elle engendre dans la société des loisirs ; d'autre part, le suicide dans la Seine.

Bains de mer et de rivière

Au cours du XIXe siècle, la pratique thérapeutique des bains de mer s'impose peu à peu, notamment sous l'influence de la médecine anglaise. Les « bains à la lame », croit-on, redonnent vigueur et énergie aux constitutions affaiblies : le malade, ou « curiste », est brutalement confronté à la froideur des vagues et le choc thermique provoqué par cette « lame » maritime est censé guérir les organes malades. Il faudra attendre quelques décennies pour que la baignade s'émancipe de cette fonction thérapeutique et devienne un authentique plaisir : plaisir populaire en compagnie des canotiers sur les bords de Seine, sous le Second Empire ; plaisir moderne, à la fois bourgeois et aristocratique, de la villégiature balnéaire, à la Belle Époque. De Flaubert à Proust, en passant par Maupassant, les extraits suivants rendent compte de cette évolution.

Gustave Flaubert, « Un cœur simple » (1877)

Au cours d'une promenade en campagne, la servante au grand cœur de Mme Aubain, Félicité, a sauvé sa maîtresse et ses deux enfants de la charge d'un taureau furieux. Ébranlée par l'émotion, la petite Virginie est tombée malade. Consulté, le Dr Poupard préconise des bains de mer pour la soigner. Une fois les préparatifs du voyage achevés, la famille se met donc en route pour Trouville.

On fut encore une demi-heure avant d'atteindre Trouville. La petite caravane mit pied à terre pour passer les *Écores* ; c'était une falaise surplombant des bateaux ; et trois minutes plus tard, au bout du quai, on entra dans la cour de l'*Agneau d'or*, chez la mère David.

Virginie, dès les premiers jours, se sentit moins faible, résultat du changement d'air et de l'action des bains. Elle les prenait en chemise, à défaut d'un costume ; et sa bonne la rhabillait dans une cabane de douanier qui servait aux baigneurs.

L'après-midi, on s'en allait avec l'âne au-delà des Roches-Noires, du côté d'Hennequeville. Le sentier, d'abord, montait entre des terrains vallonnés comme la pelouse d'un parc, puis arrivait sur un plateau où alternaient des pâturages et des champs en labour. À la lisière du chemin, dans le fouillis des ronces, des houx se dressaient ; çà et là, un grand arbre mort faisait sur l'air bleu des zigzags avec ses branches.

Presque toujours on se reposait dans un pré, ayant Deauville à gauche, Le Havre à droite et en face la pleine mer. Elle était brillante de soleil, lisse comme un miroir, tellement douce qu'on entendait à peine son murmure ; des moineaux cachés pépiaient, et la voûte immense du ciel recouvrait tout cela. Mme Aubain, assise, travaillait à son ouvrage de couture ; Virginie près d'elle tressait des joncs ; Félicité sarclait des fleurs de lavande[1] ; Paul, qui s'ennuyait, voulait partir.

D'autres fois, ayant passé la Toucques en bateau, ils cherchaient des coquilles. La marée basse laissait à découvert des oursins, des godefiches[2], des méduses ; et les enfants couraient, pour saisir des flocons d'écume que le vent emportait. Les flots endormis, en tombant sur le sable, se déroulaient le long de la grève ; elle s'étendait

---

1. ***Sarclait des fleurs de lavande*** : enlevait les mauvaises herbes dans un massif de lavande.
2. ***Godefiches*** : coquilles Saint-Jacques (terme normand).

à perte de vue, mais du côté de la terre avait pour limite les dunes la séparant du *Marais*, large prairie en forme d'hippodrome. Quand ils revenaient par là, Trouville, au fond sur la pente du coteau, à chaque pas grandissait, et avec toutes ses maisons inégales semblait s'épanouir dans un désordre gai.

Les jours qu'il faisait trop chaud, ils ne sortaient pas de leur chambre. L'éblouissante clarté du dehors plaquait des barres de lumière entre les lames des jalousies[1]. Aucun bruit dans le village. En bas, sur le trottoir, personne. Ce silence épandu augmentait la tranquillité des choses. Au loin, les marteaux des calfats[2] tamponnaient des carènes[3], et une brise lourde apportait la senteur du goudron.

Le principal divertissement était le retour des barques. Dès qu'elles avaient dépassé les balises, elles commençaient à louvoyer. Leurs voiles descendaient aux deux tiers des mâts ; et, la misaine gonflée comme un ballon, elles avançaient, glissaient dans le clapotement des vagues, jusqu'au milieu du port, où l'ancre tout à coup tombait. Ensuite le bateau se plaçait contre le quai. Les matelots jetaient par-dessus le bordage[4] des poissons palpitants ; une file de charrettes les attendait, et des femmes en bonnet de coton s'élançaient pour prendre les corbeilles et embrasser leurs hommes.

Flaubert, « Un cœur simple », éd. Gérard Gengembre,
Flammarion, coll. « Étonnants Classiques », 1986, p. 28-30.

1. Dans cette évocation du séjour de la famille Aubain à Trouville, Flaubert privilégie l'aspect pittoresque du terroir normand plutôt que la modernité des nouveaux usages du bain de mer. À quoi le voit-on ?

---

1. ***Jalousies*** : treillis de bois ou de fer inclinables.
2. ***Calfats*** : ouvriers dont le travail consiste à combler les fentes de la coque des navires pour les rendre étanches.
3. ***Carène*** : partie immergée de la coque d'un bateau.
4. ***Bordage*** : voir note 1, p. 71.

2. En prenant appui sur ce texte, vous montrerez que, au début du XIXe siècle, date à laquelle se déroule « Un cœur simple », l'espace du littoral n'est pas encore apprivoisé pour les loisirs de la plage mais est réservé à la pêche.
3. Relevez dans le texte les détails qui indiquent que ce séjour est placé sous le signe de la contrainte médicale et d'une forme d'ennui, plutôt que sous celui du divertissement et de l'exaltation des corps.

Guy de Maupassant, « Yvette » (1884)

En compagnie de son prétendant Jean de Servigny, Yvette se rend à la Grenouillère pour s'amuser. Cette jeune femme qui respire la joie de vivre et la sensualité est rapidement contaminée par l'ambiance canaille du lieu : elle se livre avec indécence aux plaisirs de la danse et de la baignade, sous l'œil à la fois aguiché[1] et réprobateur de celui qui l'accompagne.

Ils arrivèrent à la partie de l'île plantée en parc et ombragée d'arbres immenses. Des couples erraient sous les hauts feuillages, le long de la Seine, où glissaient les canots. C'étaient des filles avec des jeunes gens, des ouvrières avec leurs amants qui allaient en manches de chemise, la redingote sur le bras, le haut chapeau en arrière, d'un air pochard et fatigué, des bourgeois avec leurs familles, les femmes endimanchées et les enfants trottinant comme une couvée de poussins autour de leurs parents.

Une rumeur lointaine et continue de voix humaines, une clameur sourde et grondante annonçait l'établissement cher aux canotiers.

Ils l'aperçurent tout à coup. Un immense bateau, coiffé d'un toit, amarré contre la berge, portait un peuple de femelles et de mâles attablés et buvant, ou bien debout, criant, chantant, gueulant,

---

1. ***Aguiché*** : attiré, séduit.

dansant, cabriolant au bruit d'un piano geignard, faux et vibrant comme un chaudron.

De grandes filles en cheveux roux, étalant, par-devant et par-derrière, la double provocation de leur gorge et de leur croupe, circulaient, l'œil accrochant, la lèvre rouge, aux trois quarts grises, des mots obscènes à la bouche.

D'autres dansaient éperdument en face de gaillards à moitié nus, vêtus d'une culotte de toile et d'un maillot de coton, et coiffés d'une toque de couleur, comme des jockeys. Et tout cela exhalait une odeur de sueur et de poudre de riz, des émanations de parfumerie et d'aisselles.

Les buveurs, autour des tables, engloutissaient des liquides blancs, rouges, jaunes, verts, et criaient, vociféraient sans raison, cédant à un besoin violent de faire du tapage, à un besoin de brutes d'avoir les oreilles et le cerveau pleins de vacarme.

De seconde en seconde un nageur, debout sur le toit, sautait à l'eau, jetant une pluie d'éclaboussures sur les consommateurs les plus proches, qui poussaient des hurlements de sauvages [...].

[...] Et ils allèrent au bureau des bains pour se procurer des costumes. Elle fut déshabillée la première et elle l'attendit, debout, sur la rive, souriante sous tous les regards. Puis, ils s'en allèrent côte à côte, dans l'eau tiède.

Elle nageait avec bonheur, avec ivresse, toute caressée par l'onde, frémissant d'un plaisir sensuel, soulevée à chaque brasse comme si elle allait s'élancer hors du fleuve. Il la suivait avec peine, essoufflé, mécontent de se sentir médiocre. Mais elle ralentit son allure, puis, se tournant brusquement, elle fit la planche, les bras croisés, les yeux ouverts dans le bleu du ciel. Il regardait, allongée ainsi à la surface de la rivière, la ligne onduleuse de son corps, les seins fermes, collés contre l'étoffe légère, montrant leur forme ronde et leurs sommets saillants, le ventre doucement soulevé, la cuisse un peu noyée, le mollet nu, miroitant à travers l'eau, et le pied mignon qui émergeait.

Il la voyait tout entière, comme si elle se fût montrée exprès, pour le tenter, pour s'offrir ou pour se jouer encore de lui. Et il se mit à la désirer avec une ardeur passionnée et un énervement exaspéré. Tout à coup elle se retourna, le regarda, se mit à rire.

Maupassant, « Yvette », *La Maison Tellier*, GF-Flammarion, éd. Pierre Cogny, 1980, p. 161-165.

1. Au fur et à mesure que l'on se rapproche de l'établissement de la Grenouillère et de l'espace de baignade, le public qui fréquente les lieux devient de plus en plus vulgaire et exubérant. Relevez les expressions qui soulignent ces deux traits caractéristiques.
2. Fille d'une courtisane, Yvette se trouve à son aise dans ce milieu douteux. Son comportement pendant la baignade ne témoigne pas de la retenue pudique qu'on attendrait d'une jeune fille de bonne famille. À l'aide du texte, caractérisez l'attitude d'Yvette.
3. Le climat de sensualité et de débauche généralisée qui règne sur ces bords de Seine peut suggérer un rapprochement avec un autre lieu de plaisirs typique du Second Empire ; lequel ?

Marcel Proust, *À l'ombre des jeunes filles en fleurs* (1919)

En vacances au Grand-Hôtel de Balbec, le narrateur du roman observe avec le génie d'un sociologue doublé de celui d'un poète les transformations que la vie balnéaire fait subir aux *habitus*[1] mondains. Un soir, il assiste médusé à l'apparition d'une nouvelle espèce sur le théâtre social de la vie des bains de mer : une bande de jeunes femmes émancipées, gracieuses et sportives, dont la désinvolture met à mal le prestige et la retenue des aristocrates présents. Il ignore encore qu'il assiste à l'entrée triomphale de la petite bourgeoisie dans l'ère des loisirs de masse.

---

1. ***Habitus*** : terme de sociologie désignant l'ensemble des comportements, usages et habitudes d'une classe ou d'un groupe social.

Seul, je restai simplement devant le Grand-Hôtel à attendre le moment d'aller retrouver ma grand-mère, quand, presque encore à l'extrémité de la digue où elles faisaient mouvoir une tache singulière, je vis s'avancer cinq ou six fillettes, aussi différentes, par l'aspect et par les façons, de toutes les personnes auxquelles on était accoutumé à Balbec, qu'aurait pu l'être, débarquée on ne sait d'où, une bande de mouettes qui exécute à pas comptés sur la plage – les retardataires rattrapant les autres en voletant – une promenade dont le but semble aussi obscur aux baigneurs qu'elles ne paraissent pas voir, que clairement déterminé pour leur esprit d'oiseaux.

Une de ces inconnues poussait devant elle, de la main, sa bicyclette ; deux autres tenaient des « clubs » de golf ; et leur accoutrement tranchait sur celui des autres jeunes filles de Balbec, parmi lesquelles quelques-unes, il est vrai, se livraient aux sports, mais sans adopter pour cela une tenue spéciale [...].

Au milieu de tous ces gens dont quelques-uns poursuivaient une pensée, mais en trahissaient alors la mobilité par une saccade de gestes, une divagation de regards, aussi peu harmonieuses que la circonspecte titubation de leurs voisins, les fillettes que j'avais aperçues, avec la maîtrise de gestes que donne un parfait assouplissement de son propre corps et un mépris sincère du reste de l'humanité, venaient droit devant elles, sans hésitation ni raideur, exécutant exactement les mouvements qu'elles voulaient, dans une pleine indépendance de chacun de leurs membres par rapport aux autres, la plus grande partie de leur corps gardant cette immobilité si remarquable chez les bonnes valseuses [...].

Ce n'était peut-être pas, dans la vie, le hasard seul qui, pour réunir ces amies les avait toutes choisies si belles [...]. Peut-être aussi la classe à laquelle elles appartenaient et que je n'aurais pu préciser, était-elle à ce point de son évolution où, soit grâce à l'enrichissement et au loisir, soit grâce aux habitudes nouvelles de sport, répandues même dans certains milieux populaires, et d'une culture physique à laquelle ne s'est pas encore ajoutée celle de l'intelligence, un milieu social pareil aux écoles de sculptures harmonieuses et fécondes qui ne recherchant pas encore l'expression tourmentée, produit naturellement, et en abondance, de beaux corps aux belles jambes, aux belles hanches, aux visages sains et reposés, avec un air d'agilité et de ruse. Et n'était-ce pas de nobles et calmes modèles de beauté humaine que je voyais là, devant la mer, comme des statues exposées au soleil sur un rivage de la Grèce ?

Marcel Proust, *À l'ombre des jeunes filles en fleurs*, GF-Flammarion, éd. Danièle Gasiglia-Laster, 1987, t. II, p. 171-174.

1. Dans le premier paragraphe, quelle métaphore traduit la parfaite adaptation des jeunes filles au milieu naturel dans lequel elles évoluent ?
2. Quels sont leurs signes distinctifs : vestimentaires, comportementaux, physiques ?
3. À la fin de l'extrait, à quelle discipline artistique sont comparés les corps de ces jeunes filles ?
4. Aux yeux du narrateur, à quoi est due la nouvelle forme de beauté de ces représentantes de la moyenne bourgeoisie ?

Les suicidés de la Seine

Au cours du XIXe siècle, le suicide par noyade dans la Seine est un fait divers de plus en plus fréquent qu'atteste l'installation des filets de Saint-Cloud, disposés perpendiculairement au fleuve à la hauteur du pont de Saint-Cloud afin de retenir le corps des noyés entraînés par la rivière. Phénomène urbain, il intéresse les amateurs de faits divers comme Maupassant, Balzac (1799-1850), Hugo (1802-1885) et Daudet (1840-1897), qui entendent proposer dans leurs romans une physionomie[1] morale du Paris contemporain.

1. ***Physionomie*** : ensemble des traits caractéristiques.

Tandis que, dans la nouvelle de Maupassant, Paul se suicide dans les effluves douteux des divertissements de bords de Seine, loin de la capitale, les suicidaires de *La Peau de chagrin*, des *Misérables* et de *L'Immortel* sont de purs produits du pavé parisien.

Balzac, *La Peau de chagrin* (1831)

Parce qu'il vient de se ruiner totalement dans une maison de jeux, le jeune aristocrate Raphaël de Valentin est animé de la volonté de se suicider. Mais la vue de la Seine et l'imagination des conséquences pratiques de sa mort l'en dissuadent.

Il se trouva bientôt sous les galeries du Palais-Royal, alla jusqu'à la rue Saint-Honoré, prit le chemin des Tuileries et traversa le jardin d'un pas indécis. Il marchait comme au milieu d'un désert, coudoyé[1] par des hommes qu'il ne voyait pas, n'écoutant à travers les clameurs populaires qu'une seule voix, celle de la mort ; enfin perdu dans une engourdissante méditation, semblable à celle dont jadis étaient saisis les criminels qu'une charrette conduisait du Palais à la Grève, vers cet échafaud, rouge de tout le sang versé depuis 1793 [...][2].

L'inconnu[3] fut assailli par mille pensées semblables, qui passaient en lambeaux dans son âme, comme des drapeaux déchirés voltigent au milieu d'une bataille. S'il déposait pendant un moment le fardeau de son intelligence et de ses souvenirs pour s'arrêter devant quelques fleurs dont les têtes étaient mollement balancées par la brise parmi les massifs de verdure, bientôt saisi par une convulsion de la vie qui regimbait encore sous la pesante idée du suicide, il levait les yeux au ciel : là, des nuages gris, des bouffées de

1. ***Coudoyé*** : entouré de près.
2. L'auteur évoque ici la guillotine, abondamment utilisée sous le régime révolutionnaire de la Terreur (1792-1794).
3. Il s'agit là du même personnage, Raphaël de Valentin.

vent chargées de tristesse, une atmosphère lourde, lui conseillaient encore de mourir. Il s'achemina vers le pont Royal en songeant aux dernières fantaisies de ses prédécesseurs. Il souriait en se rappelant que lord Castlereagh[1] avait satisfait le plus humble de nos besoins avant de se couper la gorge, et que l'académicien Auger[2] était allé chercher sa tabatière pour priser[3] tout en marchant à la mort. Il analysait ces bizarreries et s'interrogeait lui-même, quand, en se serrant contre le parapet du pont, pour laisser passer un fort de la halle, celui-ci ayant légèrement blanchi la manche de son habit, il se surprit à en secouer soigneusement la poussière. Arrivé au point culminant de la voûte, il regarda l'eau d'un air sinistre.

« Mauvais temps pour se noyer, lui dit en riant une vieille femme vêtue de haillons. Est-elle sale et froide, la Seine ! »

Il répondit par un sourire plein de naïveté qui attestait le délire de son courage ; mais il frissonna tout à coup en voyant de loin, sur le port des Tuileries, la baraque surmontée d'un écriteau où ces paroles sont tracées en lettres hautes d'un pied : SECOURS AUX ASPHYXIÉS[4]. M. Dacheux[5] lui apparut armé de sa philanthropie, réveillant et faisant mouvoir ces vertueux avirons qui cassent la tête aux noyés, quand malheureusement ils remontent sur l'eau ; il l'aperçut ameutant les curieux, quêtant un médecin, apprêtant des fumigations[6] ; il lut les doléances des journalistes écrites entre les

---

1. ***Lord Castlereagh*** (1769-1822) : diplomate britannique atteint de paranoïa. Impopulaire, il se suicida en se tranchant la gorge au moyen d'un coupe-papier.
2. ***Louis Simon Auger*** (1772-1829) : auteur dramatique et secrétaire perpétuel de l'Académie française ; il se suicida en se jetant dans la Seine du haut du pont des Arts.
3. ***Priser*** : aspirer de la poudre de tabac.
4. ***Secours aux asphyxiés*** : ancien nom donné aux secours d'urgence.
5. ***Dacheux*** : célèbre inspecteur des secours aux noyés et aux asphyxiés qui se distingua par son zèle après les journées révolutionnaires des 28 et 29 juillet 1830. Il portait secours aux victimes des affrontements sur les barricades et en collectait les cadavres.
6. ***Fumigations*** : vapeurs émanant de certaines substances que l'on brûle pour assainir l'air ambiant.

joies d'un festin et le sourire d'une danseuse ; il entendit sonner les écus comptés à des bateliers pour sa tête[1] par le préfet de la Seine. Mort, il valait cinquante francs, mais vivant il n'était qu'un homme de talent sans protecteurs, sans amis, sans paillasse[2], sans tambour, un véritable zéro social, inutile à l'État, qui n'en avait aucun souci. Une mort en plein jour lui parut ignoble, il résolut de mourir pendant la nuit, afin de livrer un cadavre indéchiffrable à cette Société qui méconnaissait la grandeur de sa vie. Il continua donc son chemin, et se dirigea vers le quai Voltaire en prenant la démarche indolente[3] d'un désœuvré qui veut tuer le temps.

Balzac, *La Peau de chagrin*, GF-Flammarion,
éd. Nadine Satiat, 1996, p. 64-67.

1. En quoi peut-on dire que l'esprit de Raphaël de Valentin est saturé de souvenirs historiques et de références culturelles ?
2. Pendant sa traversée du jardin des Tuileries, en chemin vers le pont Royal, quelle est la vision qui symbolise son attachement à l'existence ? À l'inverse, quel est l'élément du paysage qui renforce son funeste projet ?
3. Jusque dans son désespoir, Raphaël de Valentin est conscient de son identité aristocratique : à quels détails peut-on le constater ?
4. Quel est en définitive le sentiment qui le dissuade de se jeter dans la Seine ?
5. À quel fleuve mythologique fait songer ce fleuve parisien, dont les bateliers sont payés quelques écus pour ramener sur la rive le corps des noyés ?

---

1. Pour chaque noyé repêché, les bateliers de la Seine étaient rémunérés.
2. ***Paillasse*** : matelas sommaire.
3. ***Indolente*** : molle et nonchalante, sans vivacité.

Victor Hugo, *Les Misérables* (1862)

Déchiré entre son devoir de policier qui aurait dû lui commander l'arrestation du bagnard Jean Valjean, et sa gratitude à l'égard de ce même homme qui lui a sauvé la vie pendant l'insurrection parisienne de 1832, l'inspecteur Javert décide de se jeter dans la Seine pour échapper aux affres de sa conscience.

Il traversa de nouveau diagonalement la place du Châtelet, regagna le quai, et revint avec une précision automatique au point même qu'il avait quitté un quart d'heure auparavant ; il s'y accouda, et se retrouva dans la même attitude sur la même dalle du parapet. Il semblait qu'il n'eût pas bougé.

L'obscurité était complète. C'était le moment sépulcral[1] qui suit minuit. Un plafond de nuages cachait les étoiles. Le ciel n'était qu'une épaisseur sinistre. Les maisons de la Cité n'avaient plus une seule lumière ; personne ne passait ; tout ce qu'on apercevait des rues et des quais était désert ; Notre-Dame et les tours du Palais de Justice semblaient des linéaments de la nuit. Un réverbère rougissait la margelle du quai. Les silhouettes des ponts se déformaient dans la brume les unes derrière les autres. Les pluies avaient grossi la rivière.

L'endroit où Javert s'était accoudé était, on s'en souvient, précisément situé au-dessus du rapide de la Seine, à pic sur cette redoutable spirale de tourbillons qui se dénoue et se renoue comme une vis sans fin.

Javert pencha la tête et regarda. Tout était noir. On ne distinguait rien. On entendait un bruit d'écume ; mais on ne voyait pas la rivière. Par instants, dans cette profondeur vertigineuse, une lueur apparaissait et serpentait vaguement, l'eau ayant cette puissance, dans la nuit la plus complète, de prendre la lumière on ne sait où et de la changer en couleuvre. La lueur s'évanouissait, et tout redevenait indistinct. L'immensité semblait ouverte là. Ce qu'on avait

---

1. ***Sépulcral*** : sinistre, lugubre.

au-dessous de soi, ce n'était pas de l'eau, c'était du gouffre. Le mur du quai, abrupt, confus, mêlé à la vapeur, tout de suite dérobé, faisait l'effet d'un escarpement de l'infini.

On ne voyait rien, mais on sentait la froideur hostile de l'eau et l'odeur fade des pierres mouillées. Un souffle farouche montait de cet abîme. Le grossissement du fleuve plutôt deviné qu'aperçu, le tragique chuchotement du flot, l'énormité lugubre des arches du pont, la chute imaginable dans ce vide sombre, toute cette ombre était pleine d'horreur.

Javert demeura quelques minutes immobile, regardant cette ouverture de ténèbres ; il considérait l'invisible avec une fixité qui ressemblait à de l'attention. L'eau bruissait. Tout à coup, il ôta son chapeau et le posa sur le rebord du quai. Un moment après, une figure haute et noire, que de loin quelque passant attardé eût pu prendre pour un fantôme, apparut debout sur le parapet, se courba vers la Seine, puis se redressa, et tomba droite dans les ténèbres ; il y eut un clapotement sourd ; et l'ombre seule fut dans le secret des convulsions de cette forme obscure disparue sous l'eau.

Hugo, *Les Misérables*, Flammarion, coll. « Étonnants Classiques », éd. Sandrine Costa, 1999, t. II, partie V, chap. III, p. 164-165.

1. Dans le premier paragraphe, relevez ce qui contribue à faire de Paris un cadre abstrait et presque irréel.
2. Dans le second paragraphe, la réalité fluviale est en grande partie niée. Quelles sont les images qui suggèrent une sorte de paysage métaphysique ?
3. Dans le troisième paragraphe, quelle réalité mythique se substitue à la Seine, à travers les mentions de « l'ombre [...] pleine d'horreur » et de « l'odeur fade des pierres mouillées », et à travers la vision du fantôme qui se précipite dans les ténèbres ?

Alphonse Daudet, *L'Immortel. Mœurs parisiennes* (1888)

Léonard Astier est compromis par un scandale : il a acheté de faux documents historiques et les a publiés comme authentiques. Accablé par les sarcasmes de son épouse, ce secrétaire perpétuel de l'Académie française[1] se jette dans la Seine.

Où va-t-il ?

Droit devant lui, comme en rêve ; il franchit la place et la moitié du pont dont la fraîcheur le ranime. Il s'assied sur un banc, relève son chapeau et ses manches pour calmer ses artères battantes. Peu à peu le bruissement régulier de l'eau le calme, il se reprend, mais c'est pour se rappeler et souffrir… Quelle femme ! Quel monstre ! Et il a pu vivre trente-cinq ans à côté d'elle sans la connaître… Un frisson d'horreur le secoue, au souvenir de tant d'abominations qu'il vient d'entendre. Elle n'a rien épargné, rien laissé de vivant en lui, pas même cet orgueil qui le tenait encore debout : sa foi dans son œuvre, sa croyance à l'Académie […].

… Des pas, des rires sonnent sur le pont, se rapprochent : Des étudiants revenant au quartier avec leurs maîtresses. Il a peur d'être reconnu, se lève, s'appuie à la rampe ; et, pendant que la bande le frôle sans le voir, il songe amèrement qu'il ne s'est jamais amusé, jamais donné un beau soir comme celui-là, pour chanter follement sous les étoiles, – l'ambition toujours tendue, en marche vers cette coupole de temple, qui lui a fourni en retour… quoi ? Rien, le Néant… Déjà, il y a bien longtemps, le jour de sa réception, les discours finis, les malices échangées, il a eu cette impression de vide et d'espoir mystifié ; dans le fiacre qui le ramenait chez lui pour quitter l'habit vert, il se disait : « Comment ! J'y suis ?… Ce n'est que ça ! » Depuis, à force de se mentir, de répéter avec ses collègues que c'était

1. ***Secrétaire perpétuel de l'Académie française*** : responsable des personnels de l'Académie (société consacrée aux belles lettres, qui veille au bon usage de la langue française et accomplit des actes de mécénat).

bon, exquis, les délices des délices, il a fini par y croire... Mais, à présent, le voile est tombé, il y voit clair et voudrait crier par cent voix à la jeunesse française : « Ce n'est pas vrai... On vous trompe... L'Académie, un leurre, un mirage !... Faites votre route et votre œuvre, en dehors d'elle... Surtout, ne lui sacrifiez rien, car elle n'a rien à vous donner de ce que vous n'apporterez pas, ni le talent, ni la gloire, ni le suprême contentement de soi... Ce n'est ni un recours, ni un asile, l'Académie !... Idole creuse, religion qui ne console pas. Les grandes misères de la vie vous assaillent là comme ailleurs... On s'y est tué, sous cette coupole ; on y est devenu fou ! Et ceux qui dans leur détresse se sont tournés vers elle, qui lui ont tendu des bras découragés d'aimer ou de maudire, n'y ont étreint qu'une ombre... et le vide... le vide... »

Il parle tout haut, tête nue, tenant le parapet à deux mains, le vieux professeur, comme autrefois, à son cours, au rebord de sa chaire. En bas, le fleuve roule, nuancé de nuit, entre ses files de réverbères, qui clignotent avec cette vie silencieuse de la lumière, inquiétante comme tout ce qui se meut, regarde, et ne s'exprime pas. Sur la berge un chant d'ivrogne festonne[1] en s'éloignant :

« *Quand Cupidon... le matin... che réveille...* »

Quelque Auvergnat en goguette regagnant son bateau à charbon[2]. Cela lui rappelle Teyssèdre, le frotteur[3], et son verre de vin frais ; il le voit essuyant sa bouche d'un revers de manche : « Il n'y a que cha de bon dans la vie ! » Même cette humble joie de nature, lui, ne l'a pas connue, il est obligé de l'envier. Et se sentant seul, sans recours, sans une épaule pour pleurer, il comprend que cette gueuse là-haut avait raison et qu'il faut la faire une bonne fois, sa malle !...

Des sergents de ville trouvèrent, au matin, sur un banc du pont des Arts, un chapeau à larges bords, un de ces chapeaux qui gardent

---

1. ***Festonne*** : au sens propre, se dit d'une personne qui titube.
2. Jusqu'au XIXe siècle, le charbon en provenance d'Auvergne était convoyé sur de longs bateaux qui remontaient jusqu'à la Seine, *via* l'Allier et la Loire, pour approvisionner les Parisiens.
3. ***Frotteur*** : homme de peine qui frotte les planchers et parquets pour les nettoyer.

un peu de la physionomie de leur propriétaire. Dedans, une grosse montre en or, une carte de visite au nom de « Léonard Astier-Réhu, secrétaire perpétuel de l'Académie française », sabrée en travers[1], de cette ligne au crayon : « Je meurs ici volontairement... » Oh ! oui, bien volontairement ! Et mieux encore que sa petite phrase d'une longue et ferme écriture, l'expression de ses traits, les dents serrées, la mâchoire avançante et violente disaient sa ferme résolution de mourir, quand, après une matinée de recherches, les mariniers le retirèrent des larges maillons d'un filet de fer entourant des bains de femmes, tout près du pont. Il fut porté d'abord au poste de secours où le secrétariat de l'Institut vint le reconnaître. Ce n'était pas le premier Perpétuel qu'on tirait de la Seine ; même chose s'était déjà produite du temps de Picheral le père, presque dans les mêmes circonstances. Aussi Picheral le fils n'en semblait pas très ému, curieux seulement à voir frétiller sur la large berge, en habit, le crâne nu et luisant comme un jeton.

Alphonse Daudet, *L'Immortel. Mœurs parisiennes*,
Alphonse Lemerre, 1888.

1. Long monologue intérieur, la première partie du texte traduit les pensées intimes du Secrétaire perpétuel. Plus que la honte du scandale, quel est le motif réel de son suicide ? Indirectement, de quelle institution parisienne Alphonse Daudet fait-il malicieusement la critique à travers son personnage ?
2. À la différence de l'extrait des *Misérables*, le texte de Daudet n'accorde quasiment aucune importance au fleuve et à sa matérialité. En revanche, l'animation des passants parisiens joue un rôle dans le face-à-face de Léonard Astier-Réhu avec sa conscience : que lui révèlent à tour de rôle sur sa vie passée les étudiants en goguette et l'Auvergnat qui chante sur la berge ?
3. Une ellipse dans un texte narratif consiste à passer sous silence un événement précis. Quel est l'effet produit ici par l'ellipse du suicide proprement dit ?

---

1. ***Sabrée en travers*** : rayée.

4. Il y a une cruelle ironie à condamner au suicide un « Immortel[1] » de l'Académie française. Relevez les autres traces d'ironie de Daudet à l'encontre de son personnage dans le dernier paragraphe de l'extrait.

1. ***Immortel*** : ainsi nomme-t-on les membres de la prestigieuse Académie française.

Notes et citations

Notes et citations

Notes et citations

Notes et citations

Les classiques et les contemporains dans la même collection

ALAIN-FOURNIER
Le Grand Meaulnes

ANDERSEN
La Petite Fille et les allumettes et autres contes

ANOUILH
La Grotte

APULÉE
Amour et Psyché

ASIMOV
Le Club des Veufs noirs

AUCASSIN ET NICOLETTE

BALZAC
Le Bal de Sceaux
Le Chef-d'œuvre inconnu
Le Colonel Chabert
Ferragus
Le Père Goriot
La Vendetta

BARBEY D'AUREVILLY
Les Diaboliques – Le Rideau cramoisi, Le Bonheur dans le crime

BARRIE
Peter Pan

BAUDELAIRE
Les Fleurs du mal – *Nouvelle édition*

BAUM (L. FRANK)
Le Magicien d'Oz

BEAUMARCHAIS
Le Mariage de Figaro

BELLAY (DU)
Les Regrets

LA BELLE ET LA BÊTE ET AUTRES CONTES

BERBEROVA
L'Accompagnatrice

BERNARDIN DE SAINT-PIERRE
Paul et Virginie

LA BIBLE
Histoire d'Abraham
Histoire de Moïse

BOVE
Le Crime d'une nuit. Le Retour de l'enfant

BRADBURY
L'Homme brûlant et autres nouvelles

CARRIÈRE (JEAN-CLAUDE)
La Controverse de Valladolid

CARROLL
Alice au pays des merveilles

CERVANTÈS
Don Quichotte

CHAMISSO
L'Étrange Histoire de Peter Schlemihl

LA CHANSON DE ROLAND

CATHRINE (ARNAUD)
Les Yeux secs

CHATEAUBRIAND
Mémoires d'outre-tombe

CHEDID (ANDRÉE)
L'Enfant des manèges et autres nouvelles
Le Message
Le Sixième Jour

CHRÉTIEN DE TROYES
Lancelot ou le Chevalier de la charrette
Perceval ou le Conte du graal
Yvain ou le Chevalier au lion

CLAUDEL (PHILIPPE)
Les Confidents et autres nouvelles

COLETTE
Le Blé en herbe

COLIN (FABRICE)
Projet oXatan

COLLODI
Pinocchio

CORNEILLE
Le Cid – *Nouvelle édition*

DAUDET
Aventures prodigieuses de Tartarin de Tarascon
Lettres de mon moulin

DEFOE
Robinson Crusoé

DIDEROT
Entretien d'un père avec ses enfants

Jacques le Fataliste
Le Neveu de Rameau
Supplément au Voyage de Bougainville

DOYLE
Trois Aventures de Sherlock Holmes

DUMAS
Le Comte de Monte-Cristo
Pauline
Robin des Bois
Les Trois Mousquetaires, t. 1 et 2

FABLIAUX DU MOYEN ÂGE
LA FARCE DE MAÎTRE PATHELIN
LA FARCE DU CUVIER ET AUTRES FARCES DU MOYEN ÂGE

FENWICK (JEAN-NOËL)
Les Palmes de M. Schutz

FERNEY (ALICE)
Grâce et Dénuement

FEYDEAU
Un fil à la patte

FEYDEAU-LABICHE
Deux courtes pièces autour du mariage

FLAUBERT
La Légende de saint Julien l'Hospitalier
Un cœur simple

GARCIN (CHRISTIAN)
Vies volées

GAUTIER
Le Capitaine Fracasse
La Morte amoureuse. La Cafetière et autres nouvelles

GOGOL
Le Nez. Le Manteau

GRAFFIGNY (MME DE)
Lettres d'une péruvienne

GRIMM
Le Petit Chaperon rouge et autres contes

GRUMBERG (JEAN-CLAUDE)
L'Atelier
Zone libre

HIGGINS (COLIN)
Harold et Maude – *Adaptation de Jean-Claude Carrière*

HOBB (ROBIN)
Retour au pays

HOFFMANN
L'Enfant étranger
L'Homme au Sable
Le Violon de Crémone. Les Mines de Falun

HOLDER (ÉRIC)
Mademoiselle Chambon

HOMÈRE
Les Aventures extraordinaires d'Ulysse
L'Iliade
L'Odyssée

HUGO
Claude Gueux
L'Intervention *suivie de* La Grand'mère
Le Dernier Jour d'un condamné
Les Misérables – *Nouvelle édition*
Notre-Dame de Paris
Quatrevingt-treize
Le roi s'amuse
Ruy Blas

JAMES
Le Tour d'écrou

JARRY
Ubu Roi

JONQUET (THIERRY)
La Vigie

KAFKA
La Métamorphose

KAPUŚCIŃSKI
Autoportrait d'un reporter

KRESSMANN TAYLOR
Inconnu à cette adresse

LABICHE
Un chapeau de paille d'Italie

LA BRUYÈRE
Les Caractères

LEBLANC
L'Aiguille creuse

LONDON (JACK)
L'Appel de la forêt

MME DE LAFAYETTE
La Princesse de Clèves

LA FONTAINE
Le Corbeau et le Renard et autres fables – *Nouvelle édition des* Fables, *collège*
Fables, *lycée*

LANGELAAN (GEORGE)
La Mouche. Temps mort

LAROUI (FOUAD)
L'Oued et le Consul et autres nouvelles

LE FANU (SHERIDAN)
Carmilla

LEROUX

Le Mystère de la Chambre Jaune
Le Parfum de la dame en noir

LOTI

Le Roman d'un enfant

MARIVAUX

La Double Inconstance
L'Île des esclaves
Le Jeu de l'amour et du hasard

MATHESON (RICHARD)

Au bord du précipice et autres nouvelles
Enfer sur mesure et autres nouvelles

MAUPASSANT

Bel-Ami
Boule de suif
Le Horla et autres contes fantastiques
Le Papa de Simon et autres nouvelles
La Parure et autres scènes de la vie parisienne
Toine et autres contes normands
Une partie de campagne et autres nouvelles au bord de l'eau

MÉRIMÉE

Carmen
Mateo Falcone. Tamango
La Vénus d'Ille – *Nouvelle édition*

MIANO (LÉONORA)

Afropean Soul et autres nouvelles

LES MILLE ET UNE NUITS

Ali Baba et les quarante voleurs
Le Pêcheur et le Génie. Histoire de Ganem
Sindbad le marin

MOLIÈRE

L'Amour médecin. Le Sicilien ou l'Amour peintre
L'Avare – *Nouvelle édition*
Le Bourgeois gentilhomme – *Nouvelle édition*
Dom Juan
L'École des femmes
Les Femmes savantes
Les Fourberies de Scapin – *Nouvelle édition*
George Dandin
Le Malade imaginaire – *Nouvelle édition*
Le Médecin malgré lui
Le Médecin volant. La Jalousie du Barbouillé
Le Misanthrope
Les Précieuses ridicules
Le Tartuffe

MONTAIGNE

Essais

MONTESQUIEU

Lettres persanes

MUSSET

Il faut qu'une porte soit ouverte ou fermée. Un caprice
On ne badine pas avec l'amour

OVIDE

Les Métamorphoses

PASCAL

Pensées

PERRAULT

Contes – *Nouvelle édition*

PIRANDELLO

Donna Mimma et autres nouvelles
Six Personnages en quête d'auteur

POE

Le Chat noir et autres contes fantastiques
Double Assassinat dans la rue Morgue. La Lettre volée

POUCHKINE

La Dame de pique et autres nouvelles

PRÉVOST

Manon Lescaut

PROUST

Combray

RABELAIS

Gargantua
Pantagruel

RACINE

Phèdre
Andromaque

RADIGUET

Le Diable au corps

RÉCITS DE VOYAGE

Le Nouveau Monde (Jean de Léry)
Les Merveilles de l'Orient (Marco Polo)

RENARD

Poil de Carotte

RIMBAUD

Poésies

ROBERT DE BORON

Merlin

ROMAINS

L'Enfant de bonne volonté

LE ROMAN DE RENART – *Nouvelle édition*

ROSTAND
Cyrano de Bergerac

ROUSSEAU
Les Confessions

SALM (CONSTANCE DE)
Vingt-quatre heures d'une femme sensible

SAND
Les Ailes de courage
Le Géant Yéous

SAUMONT (ANNIE)
Aldo, mon ami et autres nouvelles
La guerre est déclarée et autres nouvelles

SCHNITZLER
Mademoiselle Else

SÉVIGNÉ (MME DE)
Lettres

SHAKESPEARE
Macbeth
Roméo et Juliette

SHELLEY (MARY)
Frankenstein

STENDHAL
L'Abbesse de Castro
Vanina Vanini. Le Coffre et le Revenant

STEVENSON
Le Cas étrange du Dr Jekyll et de M. Hyde
L'Île au trésor

STOKER
Dracula

SWIFT
Voyage à Lilliput

TCHÉKHOV
La Mouette
Une demande en mariage et autres pièces en un acte

TITE-LIVE
La Fondation de Rome

TOURGUÉNIEV
Premier Amour

TRISTAN ET ISEUT

TROYAT (HENRI)
Aliocha

VALLÈS
L'Enfant

VERLAINE
Fêtes galantes, Romances sans paroles *précédé de* Poèmes saturniens

VERNE
Le Tour du monde en 80 jours
Un hivernage dans les glaces

VILLIERS DE L'ISLE-ADAM
Véra et autres nouvelles fantastiques

VIRGILE
L'Énéide

VOLTAIRE
Candide – *Nouvelle édition*
L'Ingénu
Jeannot et Colin. Le monde comme il va
Micromégas
Zadig – *Nouvelle édition*

WESTLAKE (DONALD)
Le Couperet

WILDE
Le Fantôme de Canterville et autres nouvelles

ZOLA
Comment on meurt
Germinal
Jacques Damour
Thérèse Raquin

ZWEIG
Le Joueur d'échecs

Les anthologies dans la même collection

AU NOM DE LA LIBERTÉ
Poèmes de la Résistance

L'AUTOBIOGRAPHIE
BAROQUE ET CLASSICISME
LA BIOGRAPHIE
BROUILLONS D'ÉCRIVAINS
Du manuscrit à l'œuvre

« C'EST À CE PRIX QUE VOUS MANGEZ DU SUCRE... » Les discours sur l'esclavage d'Aristote à Césaire

CETTE PART DE RÊVE QUE CHACUN PORTE EN SOI
CEUX DE VERDUN
Les écrivains et la Grande Guerre

LES CHEVALIERS DU MOYEN ÂGE
CONTES DE SORCIÈRES

CONTES DE VAMPIRES

LE CRIME N'EST JAMAIS PARFAIT
Nouvelles policières 1

DE L'ÉDUCATION
Apprendre et transmettre de Rabelais à Pennac

LE DÉTOUR

FAIRE VOIR : QUOI, COMMENT, POUR QUOI ?

FÉES, OGRES ET LUTINS
Contes merveilleux 2

LA FÊTE
GÉNÉRATION(S)

LES GRANDES HEURES DE ROME
L'HUMANISME ET LA RENAISSANCE
IL ÉTAIT UNE FOIS
Contes merveilleux 1

LES LUMIÈRES
LES MÉTAMORPHOSES D'ULYSSE
Réécritures de L'*Odyssée*

MONSTRES ET CHIMÈRES
MYTHES ET DIEUX DE L'OLYMPE
NOIRE SÉRIE...
Nouvelles policières 2

NOUVELLES DE FANTASY 1

NOUVELLES FANTASTIQUES 1
Comment Wang-Fô fut sauvé et autres récits

NOUVELLES FANTASTIQUES 2
Je suis d'ailleurs et autres récits

ON N'EST PAS SÉRIEUX QUAND ON A QUINZE ANS Adolescence et littérature

PAROLES DE LA SHOAH
PAROLES, ÉCHANGES, CONVERSATIONS ET RÉVOLUTION NUMÉRIQUE
LA PEINE DE MORT
De Voltaire à Badinter

POÈMES DE LA RENAISSANCE
POÉSIE ET LYRISME
LE PORTRAIT
RACONTER, SÉDUIRE, CONVAINCRE
Lettres des XVIIe et XVIIIe siècles

RÉALISME ET NATURALISME
RÉCITS POUR AUJOURD'HUI
17 fables et apologues contemporains

RIRE : POUR QUOI FAIRE ?

RISQUE ET PROGRÈS
ROBINSONNADES
De Defoe à Tournier

LE ROMANTISME
SCÈNES DE LA VIE CONJUGALE
Le couple au théâtre, de Shakespeare à Yasmina Reza

LE SURRÉALISME
LA TÉLÉ NOUS REND FOUS !

LES TEXTES FONDATEURS
TROIS CONTES PHILOSOPHIQUES
Diderot, Saint-Lambert, Voltaire

TROIS NOUVELLES NATURALISTES
Huysmans, Maupassant, Zola

VIVRE AU TEMPS DES ROMAINS
VOYAGES EN BOHÈME
Baudelaire, Rimbaud, Verlaine

Mise en page par Meta-systems
59100 Roubaix

N° d'édition : L.01EHRN000308.C004
Dépôt légal : mai 2012
Imprimé en Espagne par Novoprint (Barcelone)